Mission Hollercamp
Das verlassene Boot

In der Reihe bisher erschienen:

Mission Hollercamp. Der unheimliche Fremde (Bd. 1)

Mission Hollercamp. Das verlassene Boot (Bd. 2)

Lena Hach

Mission Hollercamp

Das verlassene Boot

MIXTVISION
Weiter. Erzählen.

1. Kapitel

Mitten in der Nacht wache ich auf. Eine eiskalte Hand streicht über meinen Nacken. Ich stecke noch halb in meinem Traum von gekenterten Schlauchbooten und hungrigen Riesenfischen. Deshalb bringe ich nur unverständliches Zeug heraus.

„Was? Wer? Wie?“, stottere ich und schüttle die Hand ab. Irritiert blinzle ich in die Dunkelheit.

„Alles gut“, säuselt eine mir vertraute Stimme. „Ich bin’s nur. Deine Mutter. Kommst du, Leon? Wir wollen starten!“ Auf einmal ist meine Bettdecke weg. Das gemeine Manöver passt so gar nicht zu der sanften Stimme. „Du kannst im Camper weiterschlafen.“

Weiterschlafen. Das klingt wiederum gut. Und *Camper* klingt noch besser. Auf einmal fällt es mir wieder ein: Heute geht es zum Hollersee! Zu Emily und Jakub – auf die freue ich mich schon seit Beginn der Sommerferien. Warum muss ich eigentlich

Und wir uns auf dich!

immer der Letzte sein, der auf dem Campingplatz ankommt?

Ich krabble aus dem Bett, schlüpfe in die bereitgestellten Turnschuhe und mache mich auf den Weg zur Wohnungstür.

Im Flur begegnet mir ein Zombie. Ich kriege fast einen Herzstillstand. Erst das eiskalte Händchen und nun das. Der Zombie hat Haare, die ihm wirr ins Gesicht hängen, und dunkle Ringe unter den Augen. Außerdem trägt er das lila Schlafshirt meiner Schwester. Die hat er also schon auf dem Gewissen.

Kurze Zeit später sitzt der Zombie mir gegenüber im Camper und schnarcht friedlich. Darum beneide ich Zombies total: dass sie überall einfach so schlafen können. In jeder Position. Ich brauche es dafür schon etwas gemütlich. Auf der Autobahn knülle ich meine Trainingsjacke zu einem Kissen zusammen. Ich will meinen Kopf gerade gegen die Scheibe legen, da entdecke ich den Umschlag.

Er steckt in der Ritze zwischen Sitz und Wandverkleidung. Ich werfe meiner Schwester ... äh ... dem Zombie einen fragenden Blick zu. Vielleicht gehört der Umschlag ihr? Aber Mia schläft wirklich tief und fest. Ein Zustand, in dem man sie besser nicht stört. Vor allem, wenn man nur der kleine Bruder ist. Eigentlich kann doch nichts falsch daran sein, wenn ich mir den Umschlag mal genauer ansehe ... Ich ziehe ihn aus dem Spalt. Nirgends, weder vorne noch hinten, steht ein Name. Dann kann ich ihn vermutlich auch öffnen. Doch das ist gar nicht so leicht. Der Umschlag ist fest zugeklebt, ich muss ihn aufreißen. Dabei fällt ein zusammengefaltetes Blatt Papier heraus – und eine schwarze Feder. Für einen Moment stockt mir der Atem. Am liebsten würde ich das Papier direkt aus dem Fenster werfen. Nichts wie weg damit. Doch wahrscheinlich sollte ich wissen, was darauf steht. Mit spitzen Fingern lege ich die Feder zur Seite und falte das Papier auf.

WIR ERWARTEN EUCH

Drei Wörter stehen da, mehr nicht. Geschrieben in allerschönster Schönschrift. Ich bekomme Gänsehaut. Es gibt keinen Zweifel: Das ist eine Drohbotschaft. Von den fiesen Vier – wem sonst? Unsere Erzfeinde sind ziemlich clever vorgegangen. Denn der Satz ist nur eine Andeutung. Den Wisch brauche ich meinen Eltern gar nicht erst zu zeigen.

Ich kann mir schon vorstellen, wie sie reagieren würden: „Leon, was hast du denn? Das ist doch toll! Die Kinder aus dem Dorf erwarten euch schon. Die freuen sich auf euch!“

Ja, natürlich! Weil sie jemanden zum Schikanieren suchen. So wie in den letzten Ferien. Verdammt. Je länger ich über das Ganze nachdenke, desto klarer wird mir: Viel unheimlicher als die Botschaft selbst ist etwas ganz anderes. Nämlich die Tatsache, dass der Umschlag überhaupt hier ist. Hier, in unserem Camper. Am anderen Ende Deutschlands. Wie haben die Fieslinge das bloß hingekriegt?

„Leon, willst du nicht auch versuchen, noch mal für ein paar Stunden die Augen zuzumachen?“, ruft mein Vater mir aus der Fahrerkabine zu. „Dann bist du fit, wenn wir ankommen.“

Die Augen zumachen? Dass ich nicht lache. An Schlaf ist jetzt nicht mehr zu denken. Im Leben nicht.

2. Kapitel

Wenn man es genau nimmt, hat der Drohbrief auch etwas Gutes. Jetzt wissen wir ganz sicher, dass die fiesen Vier wieder etwas aushecken. Genauer gesagt: Ich weiß es. Emily und Jakub muss ich schnellstmöglich informieren. Damit sie alle nötigen Vorbereitungen treffen können. Wir haben uns nämlich geschworen, dass wir uns nicht noch einmal kalt erwischen lassen! Die Juckpulver-Attacke und das manipulierte Schlauchboot an Pfingsten waren eindeutig genug. Um nur mal zwei Beispiele für die Aktionen von Alex und Johanna zu nennen. Das sind die beiden Oberfiesen. Außerdem gehören noch die Zwillinge Jule und Basti zur Bande.

Wie befürchtet!

Mit jeder Minute werde ich unruhiger. Irgendwann halte ich es nicht mehr aus. Ich lehne mich nach vorne und rufe die verbotene Frage durch den Camper. „Wann sind wir da?“

Meine Eltern schütteln nur genervt den Kopf. Hätte ich ein eigenes Handy, wäre alles einfacher. Ich würde meinen Freunden einfach eine Nachricht schicken. Dann wüssten sie Bescheid über das Unheil, das sich am Himmel über unserem schönen Campingplatz zusammenbraut.

Plötzlich schlägt Mia die Augen auf. „Ich muss aufs Klo", verkündet sie.

„Jetzt schon?", fragt mein Vater. „Bist du vor der Abfahrt denn gar nicht gegangen?"

„Diese Frage beantworte ich nicht", gibt Mia zurück. „Die verletzt meine Intimsphäre. Ich frag dich ja auch nicht, wann du das letzte Mal kacken warst."

„Mia!"

Meine Mutter ist allergisch gegen drastische Ausdrücke. Mein Vater bleibt gelassen. Ihn interessiert nur eines: wie dringend es wirklich ist.

„Ich kann ja auch die Bordtoilette benutzen", bietet Mia großzügig an. Dabei weiß sie genau, dass wir das nur im allergrößten Notfall dürfen.

Ist das jemals Vorgekommen?

Als das nächste Raststättenschild an meinen Augen vorbeisaust, habe ich einen Einfall.

„Ich muss auch mal", behaupte ich.

„Du?!"

Meine Eltern können es kaum fassen. Ich bin bekannt dafür, dass ich keine Pinkelpausen brauche. Darauf bin ich zugegebenermaßen auch ein bisschen stolz.

Meine Meinung? Du bist ein Cyborg.

„Ja“, sage ich. „Superdringend!“

Meine Mutter setzt den Blinker. Kurze Zeit später rollen wir auf einen Parkplatz. Mia wirft mir einen skeptischen Blick zu. Ich zwinkere ihr verschwörerisch zu. Und dann verschwinden wir in Richtung Toiletten.

„Das war eine nette Aktion von mir, oder?“, frage ich Mia, als wir außer Hörweite sind. „Eine sehr nette Aktion.“

„Stimmt“, sagt sie. „Schließlich hast du einen Ruf zu verlieren. Als der sagenhafte Junge, der niemals pullern muss.“ Sie wirft mir einen Seitenblick zu. „Also, spuck's schon aus, Leon. Was willst du?“

Ich bin ein bisschen beleidigt, weil Mia davon ausgeht, dass ich einen Hintergedanken habe. Auch wenn sie damit natürlich voll ins Schwarze trifft.

„Na ja“, sage ich. „Während ich hier so rumstehe und auf dich warte, könnte ich natürlich etwas brauchen, um mir die Zeit zu vertreiben ...“

Mia hat verstanden. Wortlos drückt sie mir ihr Handy in die Hand. Und dann verschwindet sie durch das Drehkreuz.

Ich habe vielleicht drei, maximal fünf Minuten. Da sollte ich keine Zeit mit dem Tippen von Nachrichten verlieren. Viel zu mühselig. Das Beste ist, ich rufe an. Bloß wen? Wenn Jakub seine Hörgeräte nicht trägt, kriegt er vielleicht gar nicht mit, dass es klingelt. Außerdem ist er ein Langschläfer. Emily könnte aber fast schon wach sein. Zumindest steht ihre Oma superfrüh auf. Mit ihr verbringt sie eigentlich alle Ferien, weil ihre Eltern ?!! ~~fast~~ immer arbeiten. Emilys Nummer kann ich auswendig.

„Hello?!"

Dieses eine Wort genügt und ich weiß: Emily hat noch geschlafen. Weil sie meistens in Englisch träumt, entschuldige ich mich direkt mit einem „Sorry". Zwar habe ich anders als Emily keine Mutter aus Oxford, aber die wichtigsten Wörter kann ich trotzdem.

„Leon?! Bist du das?"

„Tut mir leid, dass ich so früh anrufe“, sage ich. „Aber das ist ein Notfall.“

„Ein Notfall?“

Ich kann geradezu vor mir sehen, wie Emily sich erschrocken im Bett aufsetzt. Im Schnelldurchlauf berichte ich ihr von der unheimlichen Drohbotschaft. Emily hört aufmerksam zu, ohne mich auch nur ein einziges Mal zu unterbrechen.

„Das Problem ist, dass wir nicht wissen, was die fiesen Vier planen“, schließe ich meinen Minivortrag. „Wir müssen uns also auf das Unbekannte vorbereiten. Uns so gut wie möglich wappnen.“

Emily schnalzt mit der Zunge. „Das sehe ich anders“, sagt sie.

„Wie, anders?“

Ich verstehe nicht. Will Emily den Dorfdeppen etwa einfach so ins offene Messer laufen?

„Ich finde, wir sollten ihnen dieses Mal *zuvorkommen*“, sagt Emily mit bedeutungsschwerer Stimme.

„Zuvorkommen?“

„Warum auf eine Attacke warten, wenn wir uns selbst eine ausdenken können ...“

„Du meinst –?“

„Ich meine: Wir verteidigen uns nicht! Wir greifen an! Eine kleine, feine Rache steht uns sowieso zu."

„Äh ..."

„Ich bespreche das hier schon mal mit Jakub", verkündet Emily. „Und wenn du da bist, schmieden wir gemeinsam einen Plan. Gebongt?"

Auf einmal steht Mia wieder neben mir. Kommentarlos nimmt sie mir das Handy ab, flötet „Liebe Grüße" und legt auf.

Ich will protestieren, als mir auffällt, dass meine Schwester irgendwie anders aussieht. Vor allem oberhalb des Halses.

„Sag mal, hast du dich geschminkt?", frage ich.

„Bisschen wasserfeste Mascara für den Hollersee", sagt Mia. „Lässt die Augen strahlen. Willst du auch?"

Ich schüttle den Kopf. Momentan habe ich eindeutig dringendere Probleme.

3. Kapitel

Irgendwie geht mir das alles zu schnell. Ich mag Gewohnheiten, ich mag Routine. Im Hollercamp bedeutet das: entspannt am Ufer abhängen. Das Gegenteil von Routine ist ein heftiger Bandenstreit. Ich würde ja gern erklären, was die Kinder aus dem Dorf gegen uns aufgebracht hat. Aber ich verstehe es selbst nicht ganz. Es hat wohl damit zu tun, dass wir doofe Touris sind, die sich in den Ferien ungefragt in ihrem Revier breitmachen. Dabei wollen wir eigentlich nur in Ruhe im See planschen, in der Sonne liegen oder durch den Wald streifen. Man kann es nicht anders sagen: Wir ~~sind~~* echt harmlos.

*waren.
Das ist ein für alle Mal vorbei!

Viele Stunden, mehrere Fahrerwechsel und ein wund gesessener Hintern später: Mein Vater steuert unser Wohnmobil gekonnt durch das Tor zum Campingplatz. Und in genau diesem Moment beginnt der Urlaub.

Während wir über das riesige Gelände zu unserem Stellplatz tuckern, drücke ich meine Nase an der Fensterscheibe platt. Ich halte Ausschau nach Emily und Jakub. Bestimmt sind die beiden im See. Oder zumindest am See. Bei dem Spitzenwetter!

Doch als wir auf unseren Platz rollen – Nummer 282, die einzig wahre –, sitzen meine beiden Freunde dort im Schatten der Kiefern. Sie haben auf mich gewartet! Ich bin total gerührt und offenbar sieht man mir das auch an.

Pffff …

„Krieg dich wieder ein", murmelt Mia genervt.

„Du bist doch nur neidisch", sage ich. „Weil dein Freund nicht hier ist."

Mias Faust trifft mich hart an der Schulter.

„Luis. Ist. Nicht. Mein. Freund!", zischt sie. „Er ist *ein* Freund."

Wer's glaubt. In den Pfingstferien hing Mia jeden Tag mit Luis ab; meistens mit ihren Lippen auf seinen. Anders als wir, ist Luis kein Touri, er kommt aus dem Dorf. Mitglied der fiesen Vier ist er aber nicht. Dafür ist er zu alt.

Das Wohnmobil kommt zum Stehen. Keine Sekunde später schwinge ich mich aus der Tür. An dieser Stelle sollte ich erwähnen, dass ich ziemlich abergläubisch bin. Beispielsweise bin ich fest davon überzeugt, dass es Glück bringt, wenn ich als Erster den heiligen Hollercampboden betrete. Und das gelingt mir – anders als in den letzten Ferien.

Kaum bin ich draußen, schlingt Jakub beide Arme um mich. Er ist im Gegensatz zu mir ein sehr körperlicher Typ. Außerdem ist er echt kräftig. Ich weiß in solchen Momenten nie, wohin mit meinen Händen. Oder wie ich gucken soll. Hilfe suchend blicke ich zu Emily, die mir lachend zuwinkt. Ihre bunten Armbänder klimpern. Wenn mich nicht alles täuscht, sind seit den letzten Ferien noch ein paar hinzugekommen. Irgendwann ist Emily dekoriert bis zum Ellenbogen. Das ist das Ziel!

„Wollen wir los?“, fragt sie. „Ich muss dir unbedingt zeigen, woran ich bis eben gearbeitet habe.“ Emily zwinkert verschwörerisch.

Und da weiß ich: Was immer es ist, es hat mit den fiesen Vier zu tun. Auf einmal bin ich verdammt neugierig. Ich will schon mit meinen Freunden losflitzen, da stoppt mich die Stimme meiner Mutter.

„Leon, hast du nicht eine Kleinigkeit vergessen?“ Ich seufze schwer. Die Kleinigkeit ist eigentlich eine Großigkeit. Nämlich unser Vorzelt. Ehe das nicht steht, dürfen weder Mia noch ich hier überhaupt irgendwohin. Man kann es nicht anders sagen: Unsere Freiheit beginnt nach dem Aufbau des Vorzelts. Das war schon immer so. Und das wird auch immer so bleiben.

4. Kapitel

Zu meiner Überraschung haben wir das Vorzelt eine knappe Viertelstunde später aufgebaut. Das ist Rekord! Und das Zelt steht nicht nur, es steht sogar gerade. Auf den Millimeter genau. Für Emily, die spontan die Bauleitung übernommen hat, ist das ein Klacks. Ich glaube, meinen Eltern hat es die Sprache verschlagen.

„Kann Leon jetzt los?", will Emily wissen.

Meine Mutter nickt nur. Dafür fällt meinem Vater noch etwas ein.

„Eingecremt hast du dich, oder?", vergewissert er sich. „Wir haben eine empfindliche Haut."

Ich nicke.

„Auch die Nase?"

Ich nicke wieder.

„Und die Ohren?"

„Ich hab mich selbst zwischen den Zehen eingeschmiert!", behaupte ich genervt. Damit bin ich endlich entlassen.

Hast du den Riesenwels vergessen?

Der Anblick des Sees, der glitzernd in der Mittagssonne liegt, macht mich total glücklich. Der Hollersee ist mein Meer – nur ohne Haie. Ich kann es gar nicht erwarten, gleich mit meinen nackten Füßen über den Sand zu laufen. Das machen wir immer als Erstes, wenn wir alle angekommen sind. Doch Jakub und Emily stapfen weiter geradeaus, obwohl es gleich hier doch runter zum Ufer geht.

„Äh, wo wollt ihr denn hin?“, frage ich irritiert.

„Hast du nicht zugehört?“, ruft Emily über ihre Schulter zurück. „Ich will dir zeigen, woran ich gearbeitet habe.“

„Ja, aber –“, beginne ich. Planänderungen bringen mich aus dem Konzept.

„Wir haben den ganzen Morgen gegrübelt, wie wir Operation Blutwurst gestalten sollen“, informiert mich Jakub.

„Operation Sojawurst!“, protestiert Emily. „Wir haben uns auf Sojawurst geeinigt.“

„Gar nicht“, gibt Jakub zurück. „Rache ist Blutwurst. Soja ergibt keinen Sinn.“

„Da mache ich als Vegetarierin nicht mit!“

„Du isst seit *einer* Woche kein Fleisch mehr!“

Ich verstehe mit jedem Wort weniger.

„Äh, kann mir mal bitte jemand erklären, worum es hier überhaupt geht?", frage ich verwirrt. „Wer wird operiert?"

Emily und Jakub prusten los. Ich bin zufrieden. Das ist mir viel lieber als diese blödere Zankerei.

„Niemand", stellt Jakub klar. „Niemand wird hier operiert. Wir haben uns bloß einen Codenamen für unser Vorhaben ausgedacht. Weil es unseren geschätzten Erziehungsberechtigen garantiert nicht gefällt, wenn wir die ganze Zeit von ‚Rache' reden. Deshalb sprechen wir nur noch von Operation Blutwurst."

„Sojawurst!"

Jetzt geht das wieder los.

„Der Name ist doch völlig wurscht!", rufe ich genervt.

Emily und Jakub sehen mich an – und beginnen zu lächeln.

„Das ist es", sagen sie gleichzeitig. „Operation Wurscht!" Sie schlagen ein. Ich seufze nur. Das hätten wir geklärt.

Wir laufen am Spielplatz vorbei und lassen auch das Beach-Volleyball-Feld links liegen. Hier hinten beginnt der Bereich für die Dauercamper. Emilys Oma

Mabel ist eine von ihnen, sie hat es sich in ihrem Wohnwagen mit dem gestreiften Vorzelt superkuschelig eingerichtet. Mit Blümchentapete und Spitzendeckchen. Theoretisch könnte sie das ganze Jahr auf dem Platz verbringen – worauf ich echt neidisch bin. Doch Mabels Wohnwagen ist nicht unser Ziel, Emily und Jakub laufen schnurstracks daran vorbei. Schade, ich hatte mich schon auf einen leckeren Afternoon Tea gefreut.

„Äh, Leute, da vorne hört der Platz auf", informiere ich meine Freunde unnötigerweise. Der hohe Zaun ist nicht zu übersehen. Jakub stellt sich mit dem Rücken dagegen und verschränkt seine Hände vor dem Bauch. Er nickt Emily kurz zu und im nächsten Moment ist sie mit einem Fuß auf seine Hände gestiegen. Sie zieht sich nach oben und verschwindet auf der anderen Seite. Auf einmal bin ich mindestens so besorgt wie neugierig. Emily muss an etwas Besonderem gearbeitet haben. Geheim, verboten ... und vielleicht sogar ein bisschen gefährlich? Sonst hätte sie ihre Werkstatt wohl kaum von Mabels Vorgarten mitten in den Wald verlegt.

Ich steige auf die Räuberleiter. Kaum habe ich mich hochgezogen, verliere ich das Gleichgewicht und lande auf der anderen Seite in einer Brombeerhecke. Ich rapple mich auf, streiche mir den Schmutz von den Knien. Dann entdecke ich das Ding. Mir fehlen die Worte. Allerdings nicht, weil ich so beeindruckt wäre. Im Gegenteil. Ich weiß nicht, was ich sagen soll, weil ich keinen blassen Schimmer habe, was das sein soll.

5. Kapitel

Okay. Das habe ich jetzt nicht gehört. Äh, gelesen.

Das Ding ist schnell beschrieben. Eigentlich sind es nur zwei Holzlatten, etwa so groß wie ich, verbunden mit einem breiten elastischen Band. Emily und Jakub (der sich ganz ohne Hilfe über den Zaun geschwungen hat) sehen mich erwartungsvoll an.

„Wow“, mache ich und lächle schief. „Hast du ... äh ... das hast du ganz allein gebaut?“

Emily nickt stolz. „In weniger als zwei Stunden.“

„Wow“, mache ich noch einmal. „Wooow.“

Jakub zieht eine Augenbraue hoch. „Leon hat keine Ahnung, was das ist“, stellt er fest.

Verdammt! Wie hat er das jetzt schon wieder rausgekriegt? Zum Glück nimmt Emily es nicht persönlich.

„Wonach sieht es denn aus?“, fragt sie.

Da brauche ich nicht lange zu überlegen. „Nach einem abstrakten Kunstwerk. Oder ... einer Zwille für Riesen?“

Emily grinst. Und dann verrät sie mir endlich, was das merkwürdige Ding ist: eine Wasserbombenschleuder.

„Stell dir vor, wie wir damit eine eiskalte Überraschung nach der anderen abfeuern“, ruft Jakub. „Bämm! Bämm! Bämm! Wir haben sogar so eine kleine Pumpe, damit können wir die Ballons ganz einfach füllen.“

Ich will kein Spielverderber sein. Aber ich muss zugeben, dass mich das nicht vom Hocker haut. Mal ehrlich: Wasserbomben. Im Hochsommer. Wenn man sich sowieso über jede Abkühlung freut. Davon werden die fiesen Vier nicht gerade beeindruckt sein. Wenn schon Rache, dann ordentlich! Operation Wurscht muss unsere Feinde richtig erschüttern. Damit aus den fiesen Vier geschockte Vier werden.

Auch wieder wahr.

Ich denke nach ... Es wäre schon schön, wenn wir die Schleuder irgendwie verwenden könnten.

Ich frage mich, was Mia in dieser Angelegenheit tun würde. Mia hat immer gute Ideen. Der Gedanke an meine Schwester erinnert mich an die Tatsache, dass sie seit letztem Jahr nicht mehr bei uns im Camper schläft. Angeblich braucht sie ein eigenes Zelt zum Schutz ihrer Privatsphäre und zum Schutz ihrer feinen Nase. Mia behauptet nämlich, dass ich zu stinken begonnen habe. Und plötzlich ist die Idee da!

„Was haltet ihr von einem kleinen Extra?", frage ich.

„Was denn für ein Extra?"

„Wir schleudern keine Wasserbomben", sage ich und mache eine kleine Kunstpause. „Wir schleudern Stinkbomben."

6. Kapitel

Wie sich herausstellt, weiß Jakub erschreckend viel über Stinkbomben. Er scheint eine dunkle Vergangenheit zu haben, über die weder Emily noch ich Bescheid wissen.

Vielleicht besser so ...

„Es gibt verschiedene Möglichkeiten, eine Stinkbombe zu bauen“, erklärt er uns. „Für die eine brauchen wir Schwefel und Ammoniak. Für die andere literweise Abflussreiniger.“

„Ähm. Geht es vielleicht auch etwas weniger giftig?“, will Emily wissen. Genau das wollte ich auch gerade fragen. Schließlich sind wir hier mitten in der Natur. Die will ich ungern verseuchen.

„Klar“, sagt Jakub. „Mit Essig, Milch und ein paar Eiern. Je älter, desto besser. Und besser heißt in dem Fall natürlich widerwärtiger.“ Auf Jakubs Gesicht wächst ein breites Grinsen. Es hat beinahe etwas Teuflisches – und steht ihm ziemlich gut.

Da für unsere Stinkbomben keine brauchbaren Lebensmittel draufgehen sollen, machen wir uns auf den Weg zur Müllsammelstelle.

In einer von den vielen Tonnen dort werden wir bestimmt fündig.

Wir klappen die Deckel auf und beginnen, im Müll herumzukramen. Als Erstes begegnet mir eine verschimmelte Banane. Dann etwas, das verdächtig nach voller Windel aussieht. Es gibt eindeutig Appetitlicheres. Mir fällt unser Freund ein, der Barfüßler, der das hier regelmäßig macht. Er geht containern so wie andere einkaufen. Weil er der Ansicht ist, dass viel zu viele brauchbare Lebensmittel weggeworfen werden. Aus dem Grund hat er sich auch mit Berta, der Chefin vom Campingplatz, verkracht. Die hält das nämlich für Diebstahl. Auch die anderen Camper können den Barfüßler nicht sonderlich gut leiden. Ich glaube, er eckt an, weil er so ungewöhnlich ist. Das fängt schon damit an, dass er total zurückgezogen in dem Hausboot an der alten Anlegestelle lebt. Nur mit seinem Hund, der aussieht wie ein Wolf – und passenderweise auch so heißt. An seinem Spitznamen ist der Barfüßler

Da hätten wir unsere Stinkbombe doch schon!

übrigens selbst schuld: Er latscht den ganzen Tag ohne Schuhe durch die Gegend. Seinen richtigen Namen will er uns leider nicht verraten. Jedenfalls steht fest: Der Barfüßler ist schwer in Ordnung.

Als wir alle Tonnen durchhaben, verschaffen wir uns einen Überblick über unsere Ausbeute. Gar nicht mal so übel. Wir hätten da:

- eine Zehnerpackung Eier (ein Ei fehlt, Mindesthaltbarkeitsdatum vor einer Woche abgelaufen)
- 1 Liter Milch (geöffnet, schätzungsweise halb voll, Mindesthaltbarkeitsdatum unlesbar)
- zwei Becher Sahne (à 200 ml, ungeöffnet, Mindesthaltbarkeitsdatum gestern abgelaufen)

Von Sahne hat Jakub zwar nichts gesagt. Aber wir gehen davon aus, dass sie im vergorenen Zustand etwa so fein duftet wie alte Milch. Das müsste also funktionieren. Fehlt nur noch der Essig, der laut Jakub für eine schrecklich-schön „stechende Note“ sorgt. Auf die wollen wir natürlich ungern verzichten. Daher beschließen wir, spontan eine Flasche im Lädchen zu kaufen. Doch ausgerechnet der Essig ist gerade aus. Berta will uns stattdessen eine Fertigsoße andrehen, womit uns in dem Fall leider nicht geholfen ist. Wir brauchen den Essig ja nicht für Salatköpfe.

Sondern für Doofköpfe.

„Es führt wohl kein Weg dran vorbei", meint Emily, als wir wieder draußen in der Sonne stehen. „Wir müssen in die Stadt zum Supermarkt."

Jakub verzieht das Gesicht. „Vielleicht fällt uns noch was anderes ein", sagt er. „Ich finde es eh blöd, dass unser Taschengeld für die fiesen Vier draufgehen soll."

Und wo er recht hat, hat er recht.

7. Kapitel

Am Abend wirft Jakubs Vater den Grill an. Im Grillen ist er Profi: Nie verkohlt was oder brennt an. Leckeren Gemüsesalat kann Pawel außerdem, auf polnische Art, mit gekochten Eiern und ordentlich Mayonnaise. Wie immer gibt es von allem viel zu viel. Keine Ahnung, wie wir das schaffen sollen. Wir sind doch nur fünf Gäste: Emily mit ihrer Oma Mabel und ich mit meinen Eltern. Meine Schwester hat schon eine andere Verabredung: Sie bekommt Besuch von Luis. Und die beiden wollen nichts mit uns zu tun haben. Nach dem deftigen Essen lehnen sich die Erwachsenen in ihren Campingstühlen zurück und geben zufriedene Geräusche von sich. Zu etwas anderem sind sie nicht mehr in der Lage. Das ist der Moment, in dem wir uns unbemerkt verdrücken können. Ich muss Emily und Jakub unbedingt noch den Drohbrief zeigen! Damit wir wirklich ungestört sind, gehen wir zum See und setzen uns ganz vorne auf den Steg.

Wieso eigentlich erst jetzt?

„Wir erwarten euch.“ Kopfschüttelnd liest Emily immer wieder vor, was auf dem Blatt steht.

„Und du hast den Brief in eurem Camper gefunden?“, fragt Jakub. Dabei habe ich ihnen das doch schon erzählt.

„Ja.“

„Echt jetzt?“

Ich nicke.

„Also, ohne Scheiß?“

„Nein“, platzt es aus mir heraus. „Wenn ich ganz ehrlich bin, hat mir eine Eule den Brief ans Bett gebracht. Ich glaube, sie hieß Hedwig.“

„Haha“, macht Emily. „Ich vermute ja, dass die fiesen Vier den Umschlag schon in den letzten Ferien im Camper versteckt haben. Aber du hast ihn eben erst jetzt entdeckt.“

Ich schüttle den Kopf. Das ist unmöglich.

„Mein Vater hätte den Umschlag beim Putzen auf jeden Fall gefunden“, sage ich. Ungelogen, nach jedem Urlaub verbringt er einen ganzen Tag damit, den Camper zu saugen und zu schrubben. Dafür hat er sich extra einen neuen Handstaubsauger zugelegt.

Emily seufzt.

„Dann weiß ich auch nicht, wie der Umschlag in den Camper kommt. Irgendwie ... unheimlich."

Das finde ich auch. Nur Jakub zuckt unbeeindruckt mit den Schultern.

„Ist doch ganz einfach! Die Fieslinge haben einen Komplizen." Jakub wirft mir einen durchdringenden Blick zu. „Leon, es tut mir leid, dir das zu sagen. Aber ... in deiner Familie gibt es einen Verräter!"

Ich schlucke schwer. Ein Verräter. Na klar! Dass ich nicht selbst darauf gekommen bin! Nur drei Personen hatten vor der Abfahrt Zugang zum Camper. Meine Mutter, mein Vater – und meine Schwester. Der Fall ist ja wohl klar.

8. Kapitel

„MIA!"

Ich springe auf und renne los. Über den Steg zurück ans Ufer.

Meinetwegen soll Mia pubertieren, solange sie will. Sie kann das Bad blockieren, sich danebenbenehmen und mich grundlos anschnauzen. Aber was sie nicht kann, was sie auf keinen Fall darf, ist, sich mit meinen Feinden zu verbünden.

„MIAAAA!"

Ich jage den Kiesweg hinauf, laufe im Slalom um Campingstühle und springe über Zeltschnüre. Dann stehe ich endlich vor Mias Zelt. Ich denke nicht mal daran, höflich an die Plane zu klopfen. Ohne auch nur eine Sekunde zu zögern, stecke ich meinen Kopf ins Zelt. Zum Teufel mit ihrer Privatsphäre!

„Leon?", fragt Mia überrascht. Sie klingt nicht sauer. Eher besorgt. „Alles in Ordnung? Hast du schon einen Sonnenstich?"

Haha. Als wäre ich so blöd, mir gleich am ersten Tag das Hirn zu verbrennen. Luis ist natürlich auch hier im Zelt. Aber zu meiner Überraschung knutschen die beiden nicht. Vor ihnen liegt ein aufgeschlagenes Mathebuch.

Geht's noch? In den Ferien?

„Leon?“, reißt Mia mich aus meinen Gedanken.

Mir fällt wieder ein, warum ich hier bin.

„Du hast mich verraten!“, platzt es aus mir heraus.

Mia runzelt die Stirn. Bevor sie etwas sagen kann, mischt sich Luis ein.

„N'Abend, Leo“, sagt er und schüttelt mir kräftig die Hand. Als wären wir zwei Erwachsene, die gemeinsam Geschäfte machen. Von der Nummer bin ich so überrascht, dass ich prompt verpasse, ihn darauf hinzuweisen, dass ich Leon heiße. LEON. Ich meine, ich nenne ihn ja auch nicht Lui.

„Sag mal, Leo, hast du in dem Ferienspielheft schon was Spannendes entdeckt?“

„Hä?“ Wovon spricht der Typ?

„Na, in dem Heft, das ich dir freundlicherweise habe zukommen lassen. Über eine ganz wunderbare Frau.“

Würg.

Doppelwürg.

Er wirft Mia eine Kusshand zu.

„Hä?“, mache ich noch einmal. Warum labert der Typ so geschwollen? Welches Heft meint er? Und welche Frau? Etwa meine Schwester? Ich werfe ihr einen schnellen Blick zu. Zugegeben, ein richtiges Mädchen ist die nicht mehr. Aber definitiv auch keine Frau! Mia ist ein höchst gefährliches Zwischending.

Ha. Nicht lange, und du bist auch eines.

Luis sieht mich mitleidig an. Als wäre ihm soeben erst aufgegangen, mit was für einem Volltrottel er es zu tun hat. Mia guckt eher genervt.

„Mensch, Leon“, mault sie. „Das Heft habe ich dir doch in den Camper gelegt! In dem weißen Umschlag.“ In meinem Hirn rattert es. Ein Heft. Ein Umschlag. Der Camper. Mich beschleicht ein Verdacht ...

„Die Ferienspiel-Infos habe ich in einem extra Umschlag zu meinem letzten Brief an deine Schwester dazu gepackt“, erklärt Luis. „Ist bestimmt was für euch Kids hier auf dem Platz.“

Ich glaube, ich kotz gleich. Kids! Er nennt uns echt Kids! Als wäre er schon wer weiß wie alt.

„Eigentlich waren die Ferienspiele nur für die Kinder aus dem Dorf geplant“, plappert Luis weiter. „Quasi als Entschädigung. Weil wir nicht verreisen können, wenn unsere Eltern mit euch Touris beschäftigt sind. Aber mein Bruder und ich dachten, das Programm interessiert euch vielleicht trotzdem!"

Moment. Luis hat einen Bruder? Das wird doch nicht etwa –?

„Alex ist schon gespannt, für was ihr euch anmeldet."

Alex! Habe ich es mir doch gedacht. Sein Bruder ist Alex, der Oberfiesling. Natürlich! Plötzlich wird mir alles klar. Die angeblichen Ferienspiele, der Umschlag im Camper, die Botschaft: Das ist ein abgekartetes Spiel. Mit nur einem Ziel: uns Angst einzujagen. Luis, der natürlich auf der Seite seines Bruders ist, hat den fiesen Vier dabei geholfen. Und Mia hat es auch getan – unwissentlich.

Ich bin total erleichtert, dass meine Schwester keine Verräterin ist. Allerdings stehe ich jetzt vor einem neuen Problem: Wenn ich Mia erzähle, was für ein Idiot ihr geliebter Luis ist, glaubt sie mir garantiert kein Wort. Bestimmt denkt sie, ich will ihn nur schlechtmachen. Weil ich eifersüchtig bin oder so. Also beschließe ich, die Klappe zu halten und mitzuspielen. Zumindest vorerst.

„Leon, kannst du vielleicht mal antworten?“, fordert Mia mich auf. „Luis hat dich jetzt schon zum zweiten Mal gefragt, ob du im Ferienspielheft was entdeckt hast, das dich interessiert.“

„Äh, ja“, sage ich schnell. „Ähm ... Puzzeln.“

Mia zieht überrascht die Augenbrauen hoch. „Puzzeln?“

Ich nicke eifrig. „Ja, da legen alle zusammen ein riesiges Puzzle. Vom ... ähm ... vom Hollersee. Bestimmt krass schwer. Weil alle Teile ... äh ... blau sind.“

Luis nickt bekräftigend.

„Da hat sich mein Bruder auch angemeldet“, sagt er und dreht den Kopf so, dass nur ich sein hinterhältiges Grinsen sehen kann. „Da werdet ihr zusammen bestimmt viel Spaß haben!“

9. Kapitel

Am nächsten Tag werde ich von Vogelgezwitscher und Geschirrgeklapper geweckt. So muss das sein im Hollercamp! Ich schwinge mich aus dem Alkoven über der Fahrerkabine - dem gemütlichsten Schlafplatz der Welt - und stelle fest, dass ich so richtig gut gepennt habe. Bestimmt, weil wir das Rätsel des Umschlags gelöst haben. Wir wissen jetzt, dass keiner der fiesen Vier ungeahnte Superkräfte hat. Die können keine Drohbotschaften von einem Ort zum anderen beamen. Nee, die sind einfach nur clever. Aber das sind wir auch! Und das werden wir ihnen beweisen. Doch zuerst brauche ich was zwischen die Zähne.

Im Vorzelt ist der Frühstückstisch schon gedeckt. Mein Vater sitzt vor einer großen Tasse Kaffee.

„Guten Morgen!“, ruft er fröhlich, als er mich sieht.

„Morgen“, sage ich und blicke mich um. „Ist Mama schon beim Yoga?“

Mein Vater nickt. „Unglaublich, wie viele da mittlerweile mitmachen! Ich jedenfalls werde heute Vormittag gemütlich faulenzen. Damit ich fit bin für den Nachmittag."

„Was ist denn heute Nachmittag?", frage ich und nehme mir ein Dinkelbrötchen und die Marmelade. Das ist übrigens schon ein richtiges Highlight: Zu Hause gibt's nur Müsli.

Lass mich raten, zuckerfrei und mit Rosinen!

„Da geht das Faulenzen in die zweite Runde."

Mein Vater grinst.

„Und was hast du heute vor?", fragt er. Bevor ich antworten kann, hebt mein Vater die Hand. „Das war eine rhetorische Frage. Leon, jetzt sind Ferien. Du kannst tun und lassen, was du willst. Solange du nicht vergisst, dich vorher einzucremen."

Warum denken eigentlich immer alle, dass ich nicht weiß, wie ich mich in der Sonne zu verhalten habe? Es stimmt schon: Ich bin ein blasser Typ. Und ja, ich hatte schon mal einen Sonnenbrand dritten Grades. Aber nur ein Mal. Ein einziges Mal. Dafür weiß ich jetzt: Man sollte in der Mittagshitze kein längeres Nickerchen machen – zumindest nicht in einem Boot mitten auf dem See.

Nach dem Frühstück ziehen Jakub, Emily und ich uns in den Wald zurück. Wir verlassen den Hauptweg und stapfen durch das Moos, bis wir bei der kleinen Lichtung ankommen.

Hier können wir ungestört unsere Stinkbombenmischung ansetzen. Das geht supereinfach: Wir schlagen die Eier auf und vermischen sie mit der Milch und der Sahne. Anschließend füllen wir die gelbliche Suppe in die leeren Schraubgläser, die Emily aus dem Vorratsschrank ihrer Oma gemopst hat.

„Später kommt noch der Essig dazu", sagt Jakub und platziert die Gläser in einem hohlen Baumstumpf. „Und dann warten wir ein paar Tage. Je länger das Ganze durchzieht, desto besser."

Wir beschließen, dem Barfüßler einen kleinen Besuch abzustatten. Das ist längst überfällig. Wie immer, nehmen wir unsere Räder. Ich liebe es, durch den Wald zu brettern! Anders als auf dem Platz muss man keine Angst haben, dass einem jemand vors Rad latscht. Jakub ist der Schnellste.

Der ist überhaupt unser Sport-Ass. Nur bei Dingen, die einen perfekten Gleichgewichtssinn erfordern, kommt er wegen seiner Ohren manchmal ins Straucheln. Als ich um eine Kurve düse, muss ich daran denken, wie wir den Barfüßler kennengelernt haben. Das war auch hier im Wald. Da stand plötzlich sein riesiger Hund mitten auf dem Weg. Und ich habe mich voll auf die Fresse gelegt. Kaum hatte ich mich aufgerappelt, kam dieser Typ aus dem Gebüsch: im schicken Anzug – aber barfuß. Wie sich herausstellte, wohnt er im Wald, wäscht sich im See und isst nur das, was andere Menschen wegwerfen. Gleichzeitig legt er großen Wert auf gebügelte Hemden. Der Barfüßler ist und bleibt ein rätselhafter Typ.

An der alten Anlegestelle wächst das Schilf dicht und hoch. Das blau gestrichene Hausboot sieht nur, wer weiß, dass es dort liegt. Wir lassen unsere Räder ins Gras fallen und springen auf die Veranda. Die ist zur Hälfte überdacht und so etwas wie das Wohnzimmer des Barfüßlers. Normalerweise liegt hier auf einer Decke im Schatten Wolf, doch heute ist sein Platz leer.

Ich hatte ihm extra Leckerlis eingepackt!

Jakub zieht an einem Seil neben der Tür, das mit einer Glocke verbunden ist. Die etwas altmodische Klingel hat der Barfüßler wegen uns angebracht. Vermutlich war er genervt davon, dass wir immer einfach so reinspaziert sind.

Jakub zieht ein zweites Mal an dem Seil, wieder ertönt die Glocke, aber sonst tut sich nichts. Es gibt keinen Zweifel: Der Barfüßler ist nicht zu Hause. Vielleicht ist er gerade mit seinem Stand-Up-Paddle auf dem See unterwegs. Oder er fischt ein paar Lebensmittel aus irgendwelchen Tonnen.

„Am besten, wir kommen später wieder", sage ich. Wir könnten uns zwischenzeitlich im Dorf ein Eis gönnen. Oder auch zwei. Emily findet die Idee gut, nur Jakub runzelt die Stirn.

„Mir gefällt das nicht", murmelt er. „Absolut nicht!"

„Dann schlag halt was anderes vor", sage ich.

Doch Jakub reagiert nicht. Kein Wunder: Als ich gesprochen habe, hat er den Kopf weggedreht und durch das Fenster in der Tür ins Innere der Kajüte geguckt. Dabei muss er doch meine Mundbewegungen sehen. Genervt tippe ich auf Jakubs Schulter.

„Jakub?"

Ich tippe ihn noch einmal an, keine Reaktion. Als ich Emily einen ratlosen Blick zuwerfe, zuckt die nur mit den Schultern. Okay. Wenn Jakub mich ignorieren will und lieber Löcher in die Luft starrt, soll er. Kein Problem. Ich hole mir jetzt jedenfalls mein Eis.

Als ich gerade beleidigt vom Boot stapfen will, dreht Jakub sich doch noch zu mir um. Und dann sagt er die entscheidenden Worte, die meinen Ärger in Luft auflösen.

„Da ist was passiert."

10. Kapitel

„Da ist was passiert“, sagt Jakub noch mal.

Auf einmal hat er es eilig. Jakub rennt die Reling entlang zur Rückseite der Kajüte. Emily und ich folgen ihm. Als wir um die Ecke düsen, kommt es zu einem Zusammenstoß. Jakub hat eine Vollbremsung hingelegt. Ohne jede Vorwarnung.

„Hey!“, ruft Emily.

„Hey!“, rufe ich.

„Sorry”, murmelt Jakub und deutet auf den Boden. Dort liegen Scherben. Jede Menge. In der Fensterscheibe vor uns klafft ein riesiges Loch. Kann Jakub neuerdings durch Wände gucken – oder woher hat er gewusst, dass hier irgendetwas nicht stimmt?

„Warum glotzt du mich so an?“, fragt Jakub.

„Ich frage mich, woher du das hier gewusst hast.“

Jakub zuckt mit den Schultern. „War so ein Gefühl.“

„Ein Gefühl?“

Jakub nickt. „Mein linker Zeh hat gekribbelt. Und das bedeutet: eingeschlagenes Fenster in der Nähe."

„Hä?", mache ich verdattert. „Echt jetzt?"

Emily prustet los. „Mensch, Leon", sagt sie. „Lass dich nicht auf den Arm nehmen. Jakub ist größer als wir. Er konnte vorne durch das Fenster in der Tür sehen. Stimmt's?"

Jakub nickt grinsend. „Außerdem", beharrt er, „außerdem hat mein linker Zeh gekribbelt."

„Sehr lustig", murmle ich. Ich schaue durch das kaputte Fenster direkt auf das Bett des Barfüßlers. Auch dort, auf seinem Kopfkissen, liegen Scherben.

Der Anblick macht mich nervös. Das hat mit meinem Aberglauben zu tun. Niemals würde ich unter einer aufgestellten Leiter durchgehen! Oder mir eine schwarze Katze als Haustier zulegen!

Auch nicht für eine Million?!

Oder einem Geburtstagskind zu früh gratulieren. All das bringt nämlich Unglück. Wissenschaftlich bewiesen ist das nicht, schon klar. Aber ich möchte es lieber nicht darauf ankommen lassen!

Mit den Scherben ist das übrigens so eine Sache. Viele denken, dass sie Glück bringen. Doch da muss man schon unterscheiden: Keramikscherben sind zum Beispiel super. Spiegelscherben die absolute Katastrophe. Die bringen gleich sieben Jahre Pech. Blöderweise weiß ich nicht, was es mit Glasscherben auf sich hat.

Jakub reißt mich aus meinen Gedanken.

„Wir müssen da rein", sagt er und deutet in die Kajüte.

„Spinnst du?", rufe ich. Jetzt mal unabhängig von allem Aberglauben: Das ist doch Wahnsinn! In dem Fensterrahmen stecken haufenweise Scherben, allesamt superspitz und scharf. An denen kommen wir niemals unversehrt vorbei.

Doch Jakub hat für das Problem schon eine Lösung: Er sucht sich am Ufer einen Ast und beginnt, die restlichen Scherben aus dem Fenster zu drücken. Emily verschwindet um die Ecke, bestimmt will sie sich auch einen Stock organisieren. Gar keine schlechte Idee. Vielleicht sollte ich das auch tun. Aber dann sehe ich, dass Emily das Boot gar nicht verlassen hat. Sie steht vor der Tür zur Kajüte, die Hand an der Klinke. Und jetzt geschieht das Unglaubliche: Wie in Zeitlupe drückt Emily die Klinke herunter – und die Tür geht auf.

11. Kapitel

Emily hat das Schloss geknackt!

„Hast du das mit deinem krassen Taschenmesser gemacht?“, frage ich schwer beeindruckt.

Sie grinst. „Das habe ich allein hiermit gemacht!“ Emily hebt ihre rechte Hand in die Luft und bewegt die Finger, als würde sie Klavier spielen.

„Hä?“

„Mensch, Leon!“, ruft Emily. „Die Tür war nicht abgeschlossen! Ich dachte: Lieber mal testen, bevor wir es uns unnötig schwer machen.“

Okay, das ergibt natürlich Sinn. Doch meiner Meinung nach macht das Emily nicht weniger genial. Eher noch mehr.

Wir rufen Jakub zu uns und betreten gemeinsam die Kajüte. „Wie nennt man das noch mal, wenn man das Gefühl hat, etwas zum zweiten Mal zu erleben?“, fragt Emily.

„Déjà vu“, antwortet Jakub.

Ich weiß, worauf Emily hinauswill. Wir haben uns hier schon einmal heimlich umgesehen. Genauer gesagt, die anderen. Mein Job war es, den Barfüßler währenddessen abzulenken. Das ist mir nur so halb gut gelungen: Der Barfüßler hat uns auf frischer Tat beim Schnüffeln ertappt, aber sauer war er kein bisschen. Genau genommen war das sogar der Beginn unserer Freundschaft. Er ist einfach cool. Damals haben wir noch gedacht, er wäre für eine gewisse Juckpulver-Attacke verantwortlich. Womit wir bekanntermaßen total falschlagen. Schuldig waren die fiesen Vier …

Alles spricht dafür, dass hier etwas Schlimmes passiert ist. Ich tippe auf Einbruch. Warum sollte sonst so ein Chaos herrschen? Sämtliche Schubladen der Kommode sind aufgezogen. Klamotten und Bücher liegen wild verteilt auf dem Boden, dazwischen entdecke ich den Hausbootschlüssel. Direkt neben einem umgestoßenen Kaffeebecher mit türkisfarbenem Logo. Ich will den Becher gerade aufheben, da sehe ich aus dem Augenwinkel, wie Emily den Kühlschrank öffnet.

Vielleicht, weil nicht alle so ordentlich sind wie du?

„Dass du jetzt an Essen denken kannst!“, tadele ich.

„Dass du jetzt an Aufräumen denken kannst!“, motzt Emily zurück. „Außerdem: Schon mal daran gedacht, dass du dabei vielleicht wichtige Spuren vernichtest? Du musst alles genau so liegen lassen.“

Ich werfe ihr einen gequälten Blick zu. „Auch den ollen Becher?“

„Auch den ollen Becher.“

Jakub nickt zustimmend - und ich gebe auf. Gegen die beiden komme ich nicht an. Schweren Herzens lasse ich den Kaffeebecher liegen, genauso wie die Bücher.

Ich wüsste auch nicht, wohin mit ihnen: Der Koffer, der dem Barfüßler als Nachttisch und Buchablage dient, ist nicht mehr da. Ob die Einbrecher damit ihre Beute weggeschleppt haben?

Emily ist schon wieder halb im Kühlschrank abgetaucht. Nacheinander legt sie eine Biskuitrolle, vier Äpfel und eine Tüte Milch auf die Arbeitsplatte.

„Ich darf nicht aufräumen, aber Emily darf was essen?“, maule ich an Jakub gewandt. „Vernichtet sie damit etwa keine Indizien?“

Emily stöhnt. „Ich will die Sachen doch nicht essen!“, ruft sie. „Ich untersuche die!“

„Aha“, mache ich. „Nennt man das jetzt so?“

Emily wirft mir einen bösen Blick zu. Dann widmet sie sich wieder ihrem zweiten Frühstück. Nur ... dass sie wirklich nichts futtert. Sie nimmt die Biskuitrolle in die Hand und begutachtet sie von allen Seiten.

„Das Mindesthaltbarkeitsdatum ist abgelaufen“, verkündet Emily. Ich weiß nicht, was diese Information soll. Der Barfüßler containert. Er isst, was andere Leute wegwerfen. Das wissen wir doch längst. Emily reißt die Folienverpackung auf und verzieht das Gesicht. Der Kuchen ist zur Hälfte mit weißem Flaum überzogen. Er gammelt also schon eine ganze Weile vor sich hin. Und das ist nun wirklich merkwürdig: Der Barfüßler lässt nichts verkommen! Niemals. Das muss etwas zu bedeuten haben. Die Frage ist nur: was?

„Der Barfüßler muss schon eine ganze Weile weg sein“, überlege ich.

„Und länger, als er vorhatte“, ergänzt Jakub. „Sonst hätte er sich den Kuchen bestimmt als Proviant eingepackt.“

Emily stemmt die Hände in die Hüften.

„Wie kommt ihr überhaupt darauf, dass der Barfüßler das Hausboot freiwillig verlassen hat?“, fragt sie. „Das kaputte Fenster. Die unverschlossene Tür. Der Schlüssel. Für mich sieht das nach Entführung aus.“

12. Kapitel

Entführung. Auf einmal wird mir ganz anders. Denn unwahrscheinlich ist es nicht!

Vielleicht hat der Barfüßler die Einbrecher auf frischer Tat ertappt. Deshalb blieb ihnen nichts anderes übrig, als ihn zu überrumpeln und zu verschleppen. Aber wohin? Und vor allem: Was haben sie mit ihm vor?

In der Hoffnung, dass uns Zucker beim Nachdenken hilft, beschließen wir, ins Dorf zur Eisdiele zu radeln. Bevor wir starten, versperren wir die Tür zum Hausboot mit dem Schlüssel, den Emily kurzerhand in ihre Latzhose steckt. Nur für den Fall, dass wir ihn noch brauchen ...

Im Valentino angekommen, fallen mir fast die Augen aus dem Kopf. Wer hat sich wohl auf unserem Stammplatz in der verspiegelten Ecke breitgemacht? Die fiesen Vier! Die haben uns gerade noch gefehlt.

Johanna erkennt uns zuerst.

„Na, sieh mal einer an!“, ruft sie und wackelt so hektisch mit dem Kopf, dass ihre Haarpalme hin und her wedelt. „Die Touris sind wieder da!“

Alex legt nach: „Wir haben euch doch klargemacht, dass ihr eure Ferien ab jetzt woanders verbringen sollt!“

„Ich glaube, wir setzen uns lieber nach draußen“, murmelt Emily. Jakub und ich nicken. Abstand ist eine gute Idee.

Bis unsere Stinkbomben einsatzbereit sind!

„Schiss?“, ruft der kleine Basti uns mit seiner dünnen Stimme hinterher. Die anderen lachen hämisch. Seine Zwillingsschwester am lautesten. Ich sehe, wie Jakub einen Moment innehält, seine linke Hand ballt sich zur Faust. Ich lege ihm einen Arm über die Schulter, da entspannt er sich wieder.

„Was kann ich euch denn Schönes bringen?“

Der Kellner ist supernett. Wir bestellen, was wir immer bestellen. Dreimal Schoko-Vanille mit Sahnehaube. Dann erst fällt mir auf, wie schlecht wir uns positioniert haben: mit den verdammten Vier im Rücken. Ich kann geradezu spüren, wie sich ihre feindseligen Blicke in meinen Nacken bohren.

Jakub scheint das nicht weiter zu stören, er geht sogar noch einmal rein, weil er zur Toilette muss. Zeitgleich stellt der Kellner drei silberne Schalen vor uns ab. Keine Sekunde später steht Alex an unserem Tisch.

„Mooooment", sagt er und kratzt sich am Kinn. „Da stimmt was nicht. Ihr hattet doch mit Streuseln bestellt!"

„Nein", sagt Emily. „Hatten wir nicht."

„Ich hab's doch gehört", beharrt Alex. „Mit Streuseln. Stimmt's, Leute?" Er dreht sich zu seiner Bande um, die hinter ihm im Schatten lungert und brav nickt.

„Tut mir echt leid, dass geschätzte Urlaubsgäste wie ihr hier so schlecht bedient werden", seufzt Alex. „Aber das haben wir gleich."

Ehe wir kapieren, was Alex vorhat, bückt er sich. Als er sich wieder aufrichtet, hat er die Hand voller Kieselsteine. In aller Ruhe lässt er sie auf unser Eis rieseln.

Fassungslos starre ich auf die Schale vor mir. Graue Steinchen auf weißer Sahne.

„So, das hätten wir!", murmelt Alex zufrieden. Er reibt sich die Hände an der Tischdecke sauber und stolziert davon. Unter lautem Gelächter ziehen die fiesen Vier ab. Und wir sitzen da mit unserem versauten Eis.

Als Jakub von der Toilette zurückkommt, legen wir unser Geld zusammen. Aber eine zweite Portion Eis ist einfach nicht drin. Wenigstens weiß ich jetzt, was die Bedeutung von Glasscherben ist: verdammtes Ober-Riesenpech.

13. Kapitel

Operation Wurscht wird vertagt. Zwar machen die fiesen Vier dem ersten Teil ihres Namens wieder alle Ehre, aber der verschollene Barfüßler geht vor. Er ist schließlich unser Freund! Jakub schlägt vor, dass wir unsere Erziehungsberechtigten einweihen. Das halte ich für keine gute Idee: Erstens sind unsere Eltern ja auch im Hollercamp, um sich zu erholen. Zweitens ist es für uns nur von Vorteil, wenn sie sich nicht sonderlich für uns interessieren. Und drittens missfällt mir die Vorstellung, dass meine Eltern mit Pawel und Mabel das Hausboot nach weiteren Spuren absuchen. An dem Ort haben sie nichts verloren. Das versuche ich, Jakub zu verklickern.

„Von Verbrechen haben die doch auch nicht mehr Ahnung als wir“, argumentiere ich. „Abgesehen von Mabel, die jeden Tag einen Krimi verschlingt.“

„Granny ist auf Science-Fiction umgestiegen“, informiert mich Emily.

„Noch ein Grund mehr, sie aus der Sache rauszuhalten“, rufe ich. „Von Aliens wurde der Barfüßler garantiert nicht entführt.“

Jakub nickt nachdenklich. „Ihr habt recht“, sagt er. „Allerdings gibt es jemanden auf dem Platz, der sich mit Verbrechen verdammt gut auskennt.“

Oh nein. Ich weiß, an wen er denkt. An Bighead.

Bighead ist natürlich nur ein Spitzname. Alle Dauercamper bekommen früher oder später einen verpasst. Manche sind allerdings deutlich schmeichelhafter. Mabel heißt zum Beispiel Schneewittchen, wegen der vielen Gartenzwerge vor ihrem Wohnwagen. Von allen Dauercampern ist Bighead mir am unsympathischsten: Er ist ein richtiger Angeber. Er war noch keine Woche hier, da hat er sich gleich einen fetten Whirlpool anliefern lassen. Der steht jetzt im Garten vor seinem Wohnwagen. Und da sitzt Bighead jeden Abend drin, lässt sich ausgiebig beblubbern und schlürft Schampus. Aber Bighead ist nicht nur ein Großkotz, sondern auch Polizist. Deshalb muss ich zugeben, dass in diesem speziellen Fall leider kein Weg an ihm vorbeiführt.

„Ich kann den Typen einfach nicht leiden“, motze ich, als wir den Kiesweg entlang zu seinem Wohnwagen laufen.

„Wen?“, bollert eine Stimme hinter der Hecke. Und da taucht er über dem Grün auch schon auf: der Kopf von Bighead. Verdammt! Ich hätte nicht gedacht, dass er schon zu dieser Tageszeit in seinem Whirlpool hockt.

„Wen kannst du nicht leiden?“, hakt er nach. Dabei guckt er ziemlich finster.

„Ähhh ...“

Ich bin mir sicher: Ein falsches Wort und der Typ zieht seine Knarre. Erledigt mich hier und auf der Stelle.

Genau, wegen Beamtenbeleidigung!

„Wir sind hier, um Sie um einen Gefallen zu bitten“, rettet mich Emily. Der Gesichtsausdruck von Bighead ändert sich in Sekundenschnelle. Er lächelt.

„Einen Gefallen? Ihr wollt in den Pool, stimmt’s? Kein Ding. Am besten vormittags, da bin ich nicht da. Einfach die Abdeckung runter und rein ins Vergnügen.“

Okay, ich muss zugeben: Das ist nett von Bighead. Und gleichzeitig auch total ätzend. Weil er glaubt, dass alle seinen blöden Whirlpool genauso toll finden wie er.

„Eigentlich wollten wir Sie nur um einen Rat fragen“, stellt Jakub klar. „Es geht um einen Kriminalfall.“

„Ein Kriminalfall?“, ruft Bighead. Seine Augen beginnen zu leuchten. „Kinder! Da seid ihr zum Richtigen gekommen.“ Er deutet mit dem ausgestreckten Zeigefinger auf uns. „Bewegt euch nicht von der Stelle. Ich bin sofort bei euch. Brauche nur noch ein Handtuch für meine schmalen Hüften.“

14. Kapitel

„Ein Kriminalfall, also!“

Bighead hat sich nicht mal die Zeit genommen, sich abzutrocknen. Triefend und nur mit einem kleinen knallroten Handtuch kommt er aus seinem Gärtchen marschiert. Er läuft über den Kiesweg und lässt sich auf die erstbeste Holzbank fallen. Er klopft links und rechts neben sich. Zögerlich setzen wir uns dazu.

„Das Wichtigste zuerst“, beginnt Bighead. „Seid ihr Täter oder Opfer?“

„Äh ... weder noch“, sagt Jakub.

„Verdächtige?“

„Nee.“

„Zeugen?“

Wir schütteln den Kopf.

„Eigentlich wollen wir den Fall bloß aufklären“, sage ich.

Das gefällt Bighead.

„Ah!“, ruft er und reibt sich die Hände. „Ihr seid die Ermittler. Perfekt.“ Er holt tief Luft und setzt zu einem Vortrag an. „Als Ermittler ist es eure Aufgabe, die W-Fragen zu klären“, sagt er. „Wer hat wo und wann was getan? Was ist wo und wann wem passiert? Und Warum! Auf keinen Fall dürft ihr das Warum vergessen!“

„Wir wissen, wo es passiert ist“, sagt Jakub. „Auf einem Hausboot.“

Ich sehe meinen besten Freund einigermaßen entsetzt an. Ich war davon ausgegangen, dass wir erst mal keine Details verraten.

„Auf einem Hausboot“, ruft Bighead vergnügt. „Wunderbar! Ein großartiger Tatort! Was man da alles für Verbrechen begehen kann. Wisst ihr schon, um was es geht? Mord? Totschlag?“

Meine Meinung? Der hat zu oft zu heiß gebadet.

Okay. Damit wäre ja wohl bewiesen, dass Bighead komplett plemplem ist. Ich meine, wer freut sich denn über Mord und Totschlag?

Jakub scheint das merkwürdige Verhalten von Bighead nicht weiter zu stören. Jetzt plaudert er doch glatt aus, dass es sich bei unserem Fall lediglich um einen Einbruch handelt. Allerdings immerhin mit eventueller Entführung.

„Entführung“, murmelt Bighead. „Auch nicht schlecht. Gibt es schon eine Lösegeldforderung? An dem Punkt wird es erst so richtig prickelnd.“

Prickelnd?

„Wie bitte was?“, platzt es aus Emily heraus.

„Lösegeld“, wiederholt Bighead unnötigerweise. „Noch nichts davon gehört? Damit kauft man jemanden frei. Also, wurdet ihr in einem Brief beispielsweise dazu aufgefordert, einhundert Lakritzschnecken an einem geheimen Ort zu deponieren?“

„Lakritzschnecken?“, wiederholt Jakub. Vielleicht ist er sich nicht sicher, ob er richtig gehört hat. Übrigens genauso wie ich.

„Oder Gummibärchen?“, schlägt Bighead vor. „Kaugummis? Oder Pfefferminzdrops?“

Gummibärchen, Kaugummis oder Pfefferminzdrops? Was für ein albernes Lösegeld soll das denn bitte sein? Langsam, ganz langsam dämmert mir, was hier los ist. Bighead hält das Ganze für einen Scherz! Er denkt, wir *spielen* Detektive! Was man halt so tut, als doofe Kinder, die sonst keine Sorgen haben.

„Aber ... aber das ist doch echt passiert!“, rufe ich. „Der Barfüßler ist verschwunden!“

Kann schon mal passieren. Bei der Aufregung!

Ups. Jetzt ist mir wohl auch eine Information zu viel herausgerutscht.

Prompt zieht Bighead die Mundwinkel nach unten. „Du meinst den Typen ohne Schuhe?“, fragt er und klingt auf einmal ganz anders. „Der aus dem Wald? Der hier immer rumstrolcht und Essen klaut?“

„Der Barfüßler klaut nicht!“, ruft Jakub.

„Und er lebt auch nicht im Wald“, füge ich hinzu. „Er hat ein Hausboot!“ Und weil es jetzt sowieso egal ist, verrate ich Bighead auch die letzten Details. „Wir glauben, dass da jemand eingebrochen ist. Die Fensterscheibe ist kaputt. Und die Schubladen wurden durchwühlt.“

„Und das wisst ihr, weil ...?“

„Na, weil wir da waren!“, rufe ich.

Bighead schnalzt mit der Zunge. „Ich bin mir ziemlich sicher, dass das unbefugtes Betreten eines Hausbootes ist“, sagt er streng.

„Ich bin mir ziemlich sicher, dass es das nicht gibt“, sagt Emily.

Bighead macht eine wegwerfende Handbewegung. „Jedenfalls steht fest, dass ihr auf dem Boot nichts verloren habt.“

„Aber wir müssen doch nach Spuren suchen!“, protestiert Jakub. „Um herauszufinden, was passiert ist.“

Jetzt reicht es Bighead. „Gar nichts ist passiert“, schimpft er und steht auf. „Euer Freund aus dem Wald, das ist ein Herumtreiber. Heute hier, morgen da. So einer lässt alles stehen und liegen, wenn ihm danach ist.“

Bighead richtet sein Handtuch und wendet sich zum Gehen.

„Aber jemand muss ihn doch als vermisst melden!“, ruft Emily ihm hinterher.

Bighead dreht sich ein letztes Mal um. „Völlig sinnlos! Niemand wird eine Fahndung nach ihm einleiten. Niemand vermisst ihn. Kinder, daran beißt ihr euch die Zähne aus.“

Damit lässt Bighead uns endgültig stehen. Er verschwindet kopfschüttelnd hinter der Hecke. Kurz darauf ist ein lauter Platscher zu hören. Bighead ist wieder in seinen geliebten Pool abgetaucht.

Wir sehen uns an. Kann ja sein, dass Bighead mehr Ahnung von Kriminalfällen hat als wir. Aber in einem Punkt irrt er. Der Barfüßler wird vermisst.

Und zwar von uns. Genau deshalb werden wir die Sache nicht auf sich beruhen lassen. Ausgebissene Zähne hin oder her.

15. Kapitel

Meiner Meinung nach hätten wir uns das Ganze sparen können. Es hat uns kein bisschen weitergebracht, Bighead einzuweihen.

Doch Emily sieht das anders. „Vielleicht haben wir uns wirklich zu früh auf diese Entführungstheorie festgelegt“, beginnt sie. „Es ist doch immerhin denkbar, dass der Barfüßler die Nase voll hatte von dem Leben auf dem Hausboot. Dann hat er eben seine Sachen gepackt und ist weitergezogen.“

„Hmm“, überlegt Jakub. „Das würde den verschwundenen Koffer natürlich auch gut erklären. Aber was ist mit der eingeschlagenen Scheibe?“

„Wer sagt denn, dass die Scheibe wirklich eingeschlagen wurde?“, gibt Emily zurück. „Die kann auch beim letzten Sturm kaputtgegangen sein.“

Ich kratze mich am Kopf. Das stimmt schon. Hier gibt es öfter mal ein richtiges Unwetter. Aber hätten wir dann auf dem Boot nicht einen Ast oder so finden müssen, der gegen die Scheibe gekracht ist? Und davon mal abgesehen: Ich glaube nicht, dass der Barfüßler einfach so abgehauen ist. Dafür liebt er den Hollersee viel zu sehr!

Wir sitzen immer noch nachdenklich auf der Bank, als Emilys Oma vorbeikommt. Jeden Nachmittag dreht sie eine ausgiebige Runde über den Campingplatz, um das ein oder andere Schwätzchen zu halten. Daher ist sie immer bestens über alles informiert.

„Was zieht ihr denn für traurige Gesichter?", ruft Mabel. „Es sind Ferien! Die Sonne scheint ..." Sie wirft mir einen kurzen Blick zu. „Leon, hast du dich auch ordentlich eingecremt?" Ich nicke matt. Mabel ist die Einzige, die mich auf das Thema Sonnencreme ansprechen darf, ohne dass ich es ihr übelnehme. Weil es sich in dann so anfühlt, als ob sie auch meine Granny ist. Und das mag ich.

„Ding-Dong-Dang-Dong. Ding-Dong-Dong-Däng."

So oder so ähnlich macht es in dem Moment. Das ist Big Ben, die superberühmte Glocke aus London. Natürlich hört man den echten Big Ben nicht bis hierher ins Hollercamp. Mabel hat in ihrem Handy eine Tonaufnahme gespeichert; das ist ihr Wecker.

Den stellt sie sich immer, bevor sie auf Plaudertour geht. Damit sie rechtzeitig zum Afternoon Tea wieder in ihrem Wohnwagen ist. Eine Routine ganz nach meinem Geschmack.

„So spät schon!", ruft Mabel überrascht. „Braucht ihr auch eine kleine Stärkung?"

Was für eine Frage! Teezeit bei Mabel ist das Beste. Dafür holt sie extra die silberne Etagere aus dem Küchenschrank und bestückt sie mit fantastischen Leckereien: Gurkensandwiches, Scones, Zitronentörtchen und Schoko-Minz-Plätzchen. Wenn ich nur daran denke, läuft mir das Wasser im Mund zusammen.

Jakub und Emily machen es sich im Vorzelt auf dem Sofa gemütlich; mit Blick in den verwunschenen Rosengarten. Ich folge Mabel weiter hinein in den Wohnwagen, um ihr mit dem Tee zu helfen. Während der Wasserkocher sprudelt, sieht sie die Post durch.

Granny nennt es übrigens den Salon!

„Ah", ruft Mabel. „Die Rechnung vom Handwerker! Darauf habe ich schon gewartet."

Mich wundert, dass Mabel einen Handwerker gebraucht hat. Normalerweise helfen sich die Dauercamper untereinander aus, wenn mal was zu tun ist. Der eine kann Schränke montieren, die andere verstopfte Abflüsse reinigen. Mabel wird immer gerufen, wenn irgendwas genäht werden muss. Das hat mit ihrem Beruf zu tun: Mabel war Garderobiere beim Theater.

Mabel erzählt, dass sie einen Wasserrohrbruch hatte. „Stell dir vor, die ganze Küche stand unter Wasser. Da habe ich einen Profi gebraucht. Zum Glück bin ich versichert."

Das ist der Moment, in dem mir einfällt, dass wir etwas vergessen haben. Etwas verdammt Wichtiges. Was sind wir doch für Idioten!

16. Kapitel

Jetzt mal ernsthaft: Da wundern wir uns über das kaputte Fenster auf dem Hausboot, denken aber keine Sekunde daran, es abzudecken. Dabei ist das doch das Erste, was man tut! Da kann ja sonst was passieren!

Als ich das Vorzelt betrete, merkt Jakub sofort, dass irgendetwas nicht stimmt.

„Alles in Ordnung?“, fragt er.

Ich nicke schnell. Denn eines steht fest: Solange Mabel in der Nähe ist, werde ich die Klappe halten. Auf keinen Fall will ich noch einen Erwachsenen in die ganze Angelegenheit einweihen. Jakub runzelt die Stirn. Er guckt mich an, als wäre ich ein interessantes Insekt und er der Forscher, der mich soeben entdeckt hat.

„Du lügst“, stellt er schließlich beinahe zufrieden fest.

Anstatt mich zu verteidigen, schiebe ich mir ein ganzes Gurkensandwich auf einmal in den Mund.

Was? Ich hab ja wohl die besten Manieren von uns.

Und dann noch eines hinterher. So macht das sonst nur Emily. Ich gebe ihr und Jakub ein Zeichen, es mir gleichzutun. Wenn sie wissen wollen, was los ist, sollen sie sich beeilen! Mabel ist noch bei der ersten Tasse Tee, da stehen wir schon wieder in ihrem Vorgarten.

„Wir müssen noch einmal zum Hausboot", platzt es aus mir heraus. „Wir müssen uns um das kaputte Fenster kümmern."

Emily und Jakub wechseln einen enttäuschten Blick.

„Echt jetzt?", fragt Jakub.

„Das ist alles?", fragt Emily. „Ich dachte, du hättest den Fall um den verschwundenen Barfüßler gelöst. Oder wenigstens die Weltformel entdeckt."

Jakub nickt zustimmend.

„Das mit dem Fenster ist enorm wichtig!", versuche ich meinen Freunden zu verklickern. „Stellt euch mal vor, es regnet rein! Da wird doch das ganze Boot morsch oder verschimmelt! Und der Barfüßler hat bestimmt keine Versicherung, die ihm so einen Schaden bezahlt!"

Jakub hebt beschwichtigend die Hand. „Okay, wir fahren morgen hin. Heute bin ich zu schlapp."

Emily nickt. „Ich kann auch nur noch rumliegen, so viel habe ich gegessen. Und so schnell.“ Sie wirft mir einen vorwurfsvollen Blick zu, dann lässt sie sich ins Gras fallen. Direkt neben einen kleinen Gartenzwerg.

Weil ich immer noch nicht überzeugt bin, zückt Jakub sein Handy.

„Schau mal, Leon, die Wettervorhersage: Sonne, Sonne und noch mehr Sonne! Was soll da passieren?“ Mit diesen Worten haut er sich neben Emily ins Gras.

Da mache ich es mir auch gemütlich. Und ich muss schon zugeben: Es ist herrlich, so satt in der Sonne zu liegen. Wenn da nicht dieser beißende Geruch wäre. Wo der bloß herkommt?

„Kannst du bitte aufhören, an meiner Achsel zu schnüffeln!“, Jakub wirft mir einen strengen Blick zu.

„Hab ich doch gar nicht –“, murmle ich ertappt und drehe den Kopf auf die andere Seite.

„Klar hast du an mir geschnuppert“, beharrt Jakub. „Und ich weiß auch, warum: Hier riecht es nach Schweiß. Aber ich bin es nicht.“ Er macht eine kleine, vielsagende Kopfbewegung in Richtung Emily.

„Das hättest du wohl gern“, sagt sie unbeeindruckt.

„Der Geruch kommt von dem Salbei da.“ Sie deutet auf eine kleine Pflanze mit lila Blüten.

Ich rücke näher heran, um die Behauptung zu überprüfen – und bereue es sofort. Schon krass, was die Natur so draufhat.

17. Kapitel

In der Nacht darauf passiert etwas, womit niemand gerechnet hat.

Es gibt ein Unwetter. Und was für eins! Da sieht man mal wieder, dass Wettervorhersagen völlig unbrauchbar sind. So einen Wolkenbruch habe ich noch nie erlebt. An Schlaf ist nicht zu denken. Die Regentropfen trommeln auf das Dach unseres Campers, ich liege eingekuschelt im Alkoven und schaue aus dem Fenster. Der Wind peitscht über den See und verwandelt ihn in ein tosendes Meer. Er rüttelt mit einer solchen Kraft an unserem Vorzelt, dass es mich nicht wundern würde, wenn es davonweht.

Es ist genau die richtige Mischung aus wunderbar und unheimlich – wenn da nicht die Sorge um das Hausboot des Barfüßlers wäre. Klar, dass es dort jetzt reinregnet. Ich hätte mich heute Nachmittag gegen Emily und Jakub durchsetzen müssen! Wusch!

Ich zucke zusammen. Ein heller Blitz erleuchtet den Nachthimmel, gefolgt von einem lauten Donner – das Gewitter ist schon richtig nah.

Das können auch meine Eltern nicht mehr ignorieren. „Mir reicht es!“, ruft mein Vater meiner Mutter im Heck zu. „Ich hole sie jetzt! Das ist doch Wahnsinn, bei dem Wetter!“

Von wem spricht er? Etwa von Mia? Verstehe ich das richtig: Mia soll hierher, zu uns in den Camper?

„Äh, muss das sein?“, frage ich von meinem gemütlichen Platz über der Fahrerkabine.

Eines ist ja wohl klar: Eine Mia, die mitten in der Nacht ungefragt umquartiert wird, ist schlecht gelaunt. Und diese schlechte Laune muss dann irgendwohin. Im Zweifel bin ich ihr Blitzableiter.

„Ob das sein muss?“ Mein Vater sieht mich entgeistert an. „Ja, Leon. Ja, das muss sein. Oder willst du, dass deine einzige Schwester vom Blitz erschlagen wird?“

Äh, nein. Aber die statistische Wahrscheinlichkeit dafür ist auch eher gering. Darauf will ich meinen Vater gerade hinweisen, da erzählt er mir, dass er mal einen Patienten hatte, dem genau das passiert ist. „Der wurde vom Blitz getroffen, Leon! Jahrelang musste ich mit ihm arbeiten, bis er wieder vernünftig laufen konnte. Sein linkes Bein zieht er jetzt noch nach."

Ich seufze. Mein Vater gibt gern mit den schwierigsten Fällen an, die er in seiner Physiotherapie-Praxis behandelt hat. Erfolgreich, versteht sich. Dabei vergisst er in diesem Moment beinahe, seine Tochter zu retten. Wusch! Schon erleuchtet der nächste Blitz den dunklen Himmel. Keine Sekunde später ertönt ein bombastischer Donner.

Einen Moment sind wir alle wie erstarrt, dann kommandiert meine Mutter: „Leon, runter da!"

„Hä?", mache ich schwer von Begriff.

„Raus aus dem Alkoven! In die Fahrerkabine mit dir! Die ist aus Metall. Da bist du sicher! Ich komm zu dir." Sie wendet sich an meinen Vater. „Wolltest du nicht unsere Tochter holen?"

Mein Vater sieht auf einmal etwas weniger entschlossen aus.

„Schere-Stein-Papier?“, fragt er und streckt meiner Mutter schief grinsend die Faust entgegen. Meine Mutter funkelt ihn böse an. Also wirft mein Vater sich seine Regenjacke über, holt tief Luft, dann drückt er beherzt die Tür auf. Im gleichen Moment ist ein lauter Aufschrei zu hören.

„Au, verdammt!“

Der Schrei kommt von Mia, die direkt hinter der Tür steht, beziehungsweise jetzt im nassen Gras liegt. Mein Vater blinzelt irritiert ins Dunkle. Offenbar weiß er nicht, ob er erleichtert oder geschockt sein soll. Erleichtert, weil er nun doch nicht sein Leben aufs Spiel setzen muss, oder geschockt, weil er seiner einzigen Tochter soeben mit großer Wahrscheinlichkeit eine Gehirnerschütterung verpasst hat. Während er noch überlegt und meine Mutter das Kühlpad sucht, helfe ich Mia in den Camper.

„Ist dir heute zufällig Bertas schwarze Katze über den Weg gelaufen?“, frage ich sie. „Von links?“ Das wäre eine Erklärung für Mias Pech.

Doch sie geht gar nicht darauf ein. Mia hält das mit den Katzen für „problematisch“, weil im Mittelalter manche Frauen allein deshalb als Hexen verfolgt wurden, weil sie das falsche Haustier hatten. Anders formuliert: Meine Schwester ist nicht abergläubisch. Selbst schuld, kann ich da nur sagen.

18. Kapitel

Am nächsten Morgen schickt die Sonne kräftige Strahlen in meinen Alkoven. Die Vögel zwitschern fröhlich. Fast könnte man glauben, dass ich mir das Unwetter nur eingebildet habe. Wäre da nicht dieser Ellenbogen in meiner Taille. Und diese Hand auf meinem Gesicht. Und das Schnarchen in meinem Ohr. Kaum zu fassen, dass ein einziger Mensch solchen Lärm fabrizieren kann! Vorsichtig rücke ich ein Stück zur Seite. Prompt rückt Mia hinterher. Ich rücke noch ein Stück weg, das gleiche Spiel. Als meine Schwester dann auch noch beide Arme um mich schlingt und fest zudrückt, reicht es mir.

Da hast du Granny noch nicht gehört!

„Hey", motze ich. „Ich bin nicht dein Luis!"

„Luuuuis", seufzt Mia. Sie dreht den Kopf und spitzt die Lippen. Jetzt wird es brenzlig. Ein gewagter Sprung aus dem Alkoven rettet mich in letzter Sekunde.

Ich verbringe ein paar Minuten damit, zu überlegen, ob mir heute erst nach Waschraum oder erst nach Frühstück ist. Da der Tisch sowieso noch nicht gedeckt ist, entscheide ich mich für die Hygiene. Ich schlüpfe in meine Badelatschen, schnappe mir meinen Waschbeutel und mache mich auf den Weg zu den Sanitäranlagen. Damit keine Missverständnisse aufkommen: Natürlich hat auch unser in die Jahre gekommener Camper ein kleines Bad mit Waschbecken, Dusche und Toilette. Doch leider findet mein Vater, dass es zum echten Campingerlebnis dazugehört, die Anlagen auf dem Platz zu benutzen. Ich könnte auf den Anblick fremder Haare am frühen Morgen ja verzichten, aber da mein Vater für die Reinigung des Campers zuständig ist, darf er entscheiden. Und das ist auch fair. Ich sage nur ein schreckliches Wort: Fäkalientank.

Immer eine gute Wahl.

Als ich über den Platz schlurfe, traue ich meinen Augen kaum. Es ist unglaublich, was für eine Verwüstung der Sturm hinterlassen hat. Überall liegt Müll herum, auf dem Gras, in den Büschen. Das Netz vom Beach-Volleyball-Feld hat es auch erwischt, es ist in der Mitte durchgerissen. Ich beginne, mir Sorgen um Jakub zu machen. Ob er die Nacht gut überstanden hat? Immerhin schläft er als Einziger von uns im Zelt. Natürlich nicht allein, sondern mit Pawel. Bestimmt sind die beiden völlig durchgeweicht.

Ich entscheide mich gegen das Zähneputzen und flitze dorthin, wo die Zelte stehen. Auf dem Boden haben sich riesige Pfützen gebildet. In der größten planschen fröhlich zwei kleine Mädchen herum, während die Eltern ihre Anziehsachen zum Trocknen in der Sonne ausbreiten. Ich kneife die Augen zusammen und lasse meinen Blick über die windschiefen Zelte schweifen. Normalerweise entdecke ich Jakubs Zelt sofort: wegen der bunten Wimpelgirlande auf dem Dach. Ob der Wind sie fortgerissen hat? Das wäre echt schade. Emily hat die Girlande selbst genäht.

„Na, gut geschlafen?“, fragt eine Stimme neben mir. Ich drehe den Kopf: Jakub! Lächelnd steht er da und blickt auf den See, in der Hand eine dampfende Tasse Kakao.

„Die Frage ist wohl eher, ob *du* gut geschlafen hast!“, erwidere ich.

Jakub zuckt mit den Schultern. „Ich habe gar nicht geschlafen“, sagt er unbekümmert.

„Wie, gar nicht?“

„Na ja, es schläft sich eben nicht so leicht, ohne Dach über dem Kopf.“

„Ohne ... Dach?“

Mit einer lässigen Handbewegung deutet Jakub zum See. Dort, mitten auf dem Wasser, treibt einsam und verlassen ein Zelt – mit bunter Girlande.

„Oh“, mache ich.

„Ja“, sagt Jakub. „Oh. Das Zelt hätten mein Vater und ich wohl besser verankern sollen.“ Er gähnt und berichtet, dass er und sein Vater Unterschlupf in den Gemeinschaftsräumen gesucht haben. Wir sind da normalerweise kaum, obwohl es eigentlich ganz nett ist: mit riesigen Sofas, einer Tauschbibliothek und einem nigelnagelneuen Kicker.

„Das war lustig!“, erzählt Jakub weiter. „Der halbe Platz war da. Wir haben stundenlang Scharade gespielt. Ich musste ‚Batterie‘ vormachen. Batterie! Wie soll das denn bitte gehen?“

Ich bin gerade dabei, mir eine gute Antwort zu überlegen, als Emily angerannt kommt.

„Wisst ihr es auch schon?“, fragt sie außer Puste.

„Was denn?“, frage ich zurück. „Dass der Campingplatz beinahe abgesoffen wäre?“

„Das meine ich nicht!“, ruft Emily. Sie deutet über ihre Schulter. Und da sehe ich sie. Die fiesen Vier. Hier, mitten auf dem Campingplatz.

19. Kapitel

Verdammt.

„Bis jetzt waren wir auf dem Platz doch vor denen sicher“, murmle ich.

„Wie bitte?“ Emily sieht mich fassungslos an. „Hast du das kaputte Schlauchboot schon vergessen? Oder das sabotierte Pfingstfeuer?“

Das stimmt. Die fiesen Vier haben hier schon mehrfach ihr Unwesen getrieben. Aber man darf den entscheidenden Unterschied nicht vergessen: Bisher sind Alex, Johanna und die Zwillinge still und leise vorgegangen. Vermutlich haben sie sich für ihre hinterhältigen Aktionen nachts auf den Platz geschlichen. Niemals hätten sie es gewagt, sich hier am helllichten Tag breitzumachen! Das ist jetzt offenbar anders. Und es verändert alles.

Alex hat uns entdeckt. Mit einem breiten Grinsen im Gesicht hebt er die Hand und winkt uns zu. Auf einmal bin ich total aufgeregt. In meinem Hirn rattert es: Was machen die hier? Und warum zur Hölle tragen sie alle diese dämlichen blauen Anzüge?

„Ja, da guckst du, was?“, spricht Berta mich im Vorbeigehen an. Die Platzchefin trägt eine Katze in jedem Arm. „So eine engagierte Jugend habt ihr bei euch in der Großstadt bestimmt nicht!“

„Engagierte Jugend?“, wiederhole ich irritiert. Von wem oder was spricht sie bitte? Berta deutet auf die Fieslinge.

„Die sind alle beim THW!“, sagt sie.

„Beim was?“

„Beim Technischen Hilfswerk!“

„Aha!“, mache ich, als wäre mir jetzt alles klar. Dabei höre ich den Begriff zum allerersten Mal.

„Die Freiwilligen helfen uns, die Folgen des Unwetters schnell zu beseitigen!“, erklärt Berta so laut, dass es auch die anderen hören. Prompt sieht Johanna auf.

„Richtig“, ruft sie und nickt. „Damit die Urlaubsgäste ihre Zeit am schönen Hollersee bald wieder ungestört genießen können, packen die fabelhaften Vier mit an.“

Wohl eher die fadenscheinigen Vier!

Berta strahlt. Mir hingegen wird richtig schlecht. Denn es ist ja wohl klar: Die Dorftrottel sind nicht hier, um uns zu helfen. Das ist doch nur ein Vorwand, um Emily, Jakub und mich auszuspionieren! Vielleicht bereiten sie auch eine neue Attacke vor. Ich muss zugeben, das Vorgehen ist genial. Aber mit dieser Genialität können wir uns jetzt nicht beschäftigen, denn wir haben Dringenderes zu tun. Erst müssen wir Jakubs Zelt aus dem See fischen. Und dann sollten wir auf dem Hausboot nach dem Rechten sehen. Darum kümmert sich ja sonst keiner.

Normalerweise machen Jakub, Emily und ich in den Ferien alles gemeinsam. Doch besondere Umstände erfordern eben besondere Maßnahmen. Und die fiesen Vier in unserem Revier sind ein bedeutender Umstand – sogar ein sehr bedeutender Umstand! Deshalb beschließen wir, nachdem wir das Zelt gerettet haben, dass einer von uns auf dem Campingplatz bleibt, um unsere Feinde im Blick zu behalten. Sonst machen die sich noch an unseren Sachen zu schaffen. Im schlimmsten Fall klauen die uns die Wasserbomben und die Pumpe. Dabei brauchen wir die noch für unsere Stinkattacke!

FAST alles.
Aufs Klo gehen
wir schon allein.
Also zumindest ich.

Fest steht, dass Emily aufs Hausboot muss. Sie kann am besten mit Werkzeug umgehen und hat das kaputte Fenster sicher ruckzuck abgedeckt. Dafür hat sie heute früh schon extra eine Spanplatte zurechtgesägt.

„Soll ich auf dem Platz bleiben und aufpassen?“, biete ich Jakub an, den langweiligsten und vielleicht auch gefährlichsten Job zu übernehmen. Er tut mir immer noch leid, weil ihn das Unwetter so heftig erwischt hat.

„Nee“, sagt Jakub. „Fahr du mal mit Emily. Ich behalte hier die Bande im Blick. Und nebenbei kann ich meinem Pa helfen, unser Zeug zu trocknen.“ Er macht eine kleine Pause und seufzt. „Mensch, ich hoffe echt, dass meine Brettspiele noch brauchbar sind!“

„Oh ja“, sage ich. „Das hoffe ich auch.“ Und denke: nicht. Damit keine Missverständnisse aufkommen: Jakub ist ein großartiger Typ. Er ist mein bester Freund. Ich würde alles für ihn tun. Außer mit ihm seine geliebten Brettspiele zu spielen.

20. Kapitel

Ich mache mich auf das Schlimmste gefasst. Es würde mich nicht wundern, wenn die Kajüte völlig überflutet wäre. Doch dann erwartet uns eine ganz andere Überraschung: Wolf. Ein jämmerlicher, komplett durchnässter Wolf. Eng zusammengerollt und zitternd liegt er auf der Veranda. Das Gewitter ist ihm nicht gut bekommen. Als Wolf bemerkt, dass Besuch kommt, knurrt er. Es ist nur ein leises Knurren, ein matter Versuch. Aber als er uns erkennt, lässt er es sofort sein. Wolf springt auf und rennt schwanzwedelnd auf Emily zu.

„Ja, was ist denn, mein Kleiner, ja, was hast du denn, du bist ja ganz nass!“, beginnt Emily eine recht einseitige Unterhaltung. Wolf ist vor Freude außer sich. Er springt um uns herum, vergräbt seine Schnauze in Emilys Kniekehle und schnuppert an meiner Hand.

Dabei wedelt er so eifrig mit dem Schwanz, dass ich befürchte, er fällt gleich ab.

„Ist ja gut, ist ja gut", spricht Emily weiter. „Ja, was hast du denn, bist du hier etwa ganz allein?"

Im ersten Moment denke ich noch: Der Hund ist da, also wird der Barfüßler auch zurück sein. Doch Fehlanzeige. Außer dem einsamen Wolf ist hier niemand, keine Menschenseele. Mir wird unwohl. Denn das ist so was wie der letzte Beweis dafür, dass dem Barfüßler etwas zugestoßen ist. Niemals hätte er seinen Hund hier einfach so zurückgelassen. Ganz allein.

Wolf beruhigt sich erst, als Emily aus einer ihrer vielen Taschen eine Handvoll Leckerlis hervorzaubert. Blitzschnell hat Wolf alles verputzt, dann setzt er sich auf die Hinterbeine und schaut Emily erwartungsvoll an.

„Hast du noch Hunger, mein Süßer?", säuselt Emily und kramt den Schlüssel zum Hausboot hervor. „Wir schauen mal, ob wir drinnen noch was für dich finden."

Während Emily Wolf mit verschrumpelten Äpfeln füttert, verschaffe ich mir einen Überblick über die Lage. Das Bett des Barfüßlers hat sich in ein Wasserbett verwandelt, davor ist eine große Pfütze, in der ein paar Bücher schwimmen. Spuren hin oder her, die Bücher kann ich unmöglich so vergammeln lassen. Als ich sie zum Trocknen in die Sonne stelle, bemerke ich, dass vier davon einen Aufkleber am Buchrücken haben. Die sind aus der Bibliothek. Und da entdecke ich auch die Quittung: Die Bücher müssen morgen zurückgegeben werden! Sonst kostet es Gebühren. Das können wir dem Barfüßler eigentlich ersparen. Wir müssen nur einen kleinen Ausflug in die Stadt machen ... Ich packe die Bibliotheksbücher in eine Tasche. Dann sehe ich nach, wie weit Emily mit dem Fenster gekommen ist. Neben mir hat sie noch einen Zuschauer: Wolf. Aufmerksam verfolgt er jeden ihrer Schritte.

„Keine Angst", sage ich. „Wir machen schon nichts kaputt."

Wolf winselt leise.

„Das weiß er", nuschelt Emily mit einem Nagel zwischen den Lippen. „Er hat bloß Angst, dass wir wieder abhauen."

Wolf winselt erneut.

„Ist ja gut, mein Süßer, ist ja gut", murmelt Emily und bringt den letzten Nagel in Position. „Wir lassen dich hier nicht allein zurück."

Ich will Emily gerade fragen, was das heißt – ob sie Wolf für den Rest der Ferien auf dem Hausboot Gesellschaft leisten will –, als ihr Handy klingelt. Ein Videoanruf von Jakub. Merkwürdigerweise ist er kaum zu erkennen. Entweder seine Kamera ist kaputt. Oder er sitzt in irgendeinem Erdloch fest.

„Leute, es gibt ein Problem!“, sprudelt es aus Jakub heraus. „Die haben sich aufgeteilt und –“

„Sag mal, wo steckst du überhaupt?“, unterbreche ich ihn.

„In Bertas Schuppen.“

„Wo?“

„In Bertas Geräteschuppen.“

„Warum machst du denn nicht das Licht an?“

„Weil die Glühbirne durchgebrannt ist, deshalb!“, ruft Jakub aufgebracht. „Aber darum geht es doch nicht!“

„Stimmt“, sagt Emily. „Die Frage ist: Was machst du überhaupt da im Schuppen? Du wolltest doch die Fieslinge im Blick behalten?“

„JETZT LASST MICH DOCH EINMAL AUSSPRECHEN, VERDAMMT!“

Das war laut. Emily und ich wechseln einen erschrockenen Blick. Davon bekommt Jakub jedoch nichts mit. Er hat die Augen geschlossen und atmet tief durch. Ein paar Sekunden herrscht absolute Stille. Dann öffnet Jakub die Augen wieder.

„Also, noch mal von vorn“, beginnt er und klingt fast normal. „Kaum wart ihr weg, haben die fiesen Vier sich aufgeteilt. Die sind in alle Richtungen über den Platz gefegt. Ich hatte keine Ahnung, wem ich folgen soll. Bis Alex sich auf den Weg zum Geräteschuppen gemacht hat. Da dachte ich: ‚Noch einmal machst du dir nicht an den Kisten zu schaffen!‘ Also bin ich ihm hinterher ... Tja, und kaum war ich im Schuppen, ging hinter mir die Tür zu.“

„Also ... bist du in eine Falle getappt“, fasse ich zusammen.

„Ja, genau, ich bin in eine verdammte Falle getappt!“, ruft Jakub. „Die Tür ist verriegelt! Und durch das winzige Fenster passe ich nicht! Ein Glück, dass ich immer mein Handy dabeihabe. Ah, ich könnte mir in den Hintern beißen!“

„Lass das mal“, sagt Emily. „Wir machen uns gleich auf den Weg und holen dich da raus.“ Sie packt ihr Handy ein, dann pfeffert sie den letzten Nagel in die Platte.

„Und was ist jetzt mit Wolf?“, frage ich.

„Na, was wohl?“, fragt Emily zurück. „Den nehmen wir mit. So wie es aussieht, können wir einen Wachhund dringend gebrauchen.“

21. Kapitel

Wolf ist begeistert. Als wir auf unseren Rädern durch den Wald brettern, springt er fröhlich zwischen uns her. Wahrscheinlich kann er sein Glück kaum fassen. Ich bezweifle allerdings, dass Emily sich das Ganze gut überlegt hat. Zwar sind Hunde auf dem Campingplatz nicht verboten, aber besonders willkommen sind sie auch nicht. Das hat mit Berta zu tun. Genauer gesagt mit ihren sieben Katzen. Damit möglichst wenig Gäste ihre Hunde mit auf den Platz bringen, kosten Hunde extra. Und zwar ordentlich. Auch wenn ich den genauen Betrag nicht kenne, weiß ich: Einen Hund auf dem Platz können wir uns nicht leisten.

Hab ich auch nie behauptet!

„Wir verstecken Wolf einfach", sagt Emily unbekümmert.

„Verstecken?", rufe ich. „Wo willst du so ein riesiges Tier denn bitte verstecken? In deiner Latzhose, oder was?"

Emily sieht mich streng an.

„Sei nicht albern", sagt sie. „Dafür ist Wolf zu groß."

„Er ist für *alles* zu groß!", rufe ich.

Wolf sieht zwischen uns hin und her. Offenbar merkt er, dass wir gerade seine Zukunft verhandeln. Damit keine Missverständnisse aufkommen: Ich will Wolf auch nicht im Stich lassen. Auf keinen Fall. Nur glaube ich eben, dass wir die Sache gut durchdenken sollten.

„Bevor wir mit Wolf auf dem Platz antanzen, brauchen wir einen Plan", sage ich.

Emily schüttelt den Kopf.

„Wir brauchen keinen Plan, wir brauchen ein Zelt!"

So kann man es natürlich auch sehen. In ein normal großes Zelt müsste auch ein unnormal großer Hund wie Wolf passen. Die Frage ist nur: Bleibt er da dann auch wirklich stundenlang still liegen? Und wo kriegen wir auf die Schnelle ein freies Zelt her? Während Emily mich noch nachdenklich ansieht, reift in mir eine Idee heran ...

Doch zuerst müssen wir Jakub befreien. Und das geht nur ohne Hund. Zum Glück ist Wolf gut erzogen.

Als wir ihn bitten, hinter dem Zaun auf uns zu warten, legt er sich brav ins Gras. Emily tätschelt ihm den Kopf, dann machen wir uns auf den Weg zum Schuppen.

Ich muss zugeben: Die verfluchten Vier haben ganze Arbeit geleistet. Sie haben sich nicht damit begnügt, den Riegel an der Schuppentür vorzuschieben. O nein. Sie haben den Tatort auch mit ihrem Erkennungszeichen versehen. Eine schwarze Feder steckt zwischen Schuppenwand und Schloss.

Als gäbe es Zweifel, wem wir die Aktion zu verdanken haben.

Nachdem Emily den Schuppen aufgesperrt hat, dauert es einen Moment, bis meine Augen sich an die Dunkelheit gewöhnt haben. Dann sehe ich Jakub dasitzen, mitten im Schuppen auf einem zerbeulten Karton. Er wirkt ziemlich niedergeschlagen. So kenne ich ihn gar nicht.

„Jakub, Kumpel, alles okay?“, frage ich besorgt.

„Das war echt eine Scheißaktion von den Dorfdeppen!“, schimpft Emily.

Jakub zuckt mit den Schultern. „Irgendwie bin ich auf mich selbst am wütendsten.“ Mit einem schweren Seufzer steht er auf. „Weil ich so blöd war, hatten die jetzt jede Menge Zeit, um hier werweißwas anzustellen. Ich hoffe, unsere Wasserbomben sind noch da."

Das überprüfen wir später. Erst mal erzählen wir Jakub von unserem tierischen Übernachtungsgast, dem wir dringend ein Zelt organisieren müssen.

„Ich habe mir da auch schon was überlegt", sage ich geheimnisvoll. Und dann verrate ich den beiden meine Idee, für die wir zu einem ungewöhnlichen Mittel greifen müssen. Als Jakub das entscheidende Wort hört, schleicht sich ein Lächeln auf sein Gesicht.

Eine halbe Stunde später ist es so weit: Während Emily nach Wolf sieht*, präparieren Jakub und ich das Zelt meiner Schwester. Mit Schweißsalbei. Unter der Isomatte, in ihren Turnschuhen, zwischen den Kissen – überall stecken die kleinen Pflänzchen mit den lila Blüten, die so harmlos aussehen und so barbarisch stinken. In kürzester Zeit ist es in dem Zelt kaum noch auszuhalten. Vielleicht sollten wir unser Stinkbomben-Rezept durch ein paar ausgewählte Kräuter verfeinern. Das will ich Jakub gerade vorschlagen, als er würgend aus dem Zelt flüchtet.

* und ihm acht Zecken entfernt

Wir ziehen uns zurück, um das Zelt aus sicherem Abstand zu beobachten. Mich überkommt der Anflug eines schlechten Gewissens. Denn diese Stink-Aktion hat Mia nicht verdient. Auch wenn sie die meiste Zeit nicht sonderlich nett zu mir ist. Wie viel unnetter wird sie wohl, wenn sie rauskriegt, was ich angestellt habe? Auf einmal habe ich kein schlechtes Gewissen mehr. Sondern Schiss. Ich will schon losflitzen, um den Salbei wieder aufzusammeln, als Jakub mich an meinem Shirt festhält.

„Da ist sie", zischt er durch die Zähne.

Er hat recht. Meine Schwester kommt vom Beach-Volleyball-Feld zurück. Gut gelaunt verschwindet sie in ihrem Zelt – und steht keine zwei Sekunden später wieder draußen. Angewidert schnappt Mia nach Luft. Dabei schüttelt sie den Kopf, weil sie sich den fiesen Geruch nicht erklären kann. Wie auch? Todesmutig wagt Mia sich ein zweites Mal ins Zelt und rettet ihren Rucksack. Dann macht sie sich vom Acker. Jakub hält mir grinsend die Hand hin, ich schlage ein. Das wäre geschafft! Das Zelt ist frei.

22. Kapitel

Eines habe ich bei der ganzen Aktion nicht bedacht: Eine Mia, die wegen eines gewissen Gestanks nicht in ihrem Zelt schlafen kann, muss woanders übernachten. Und was kommt da infrage? Mein Alkoven.

Mia fühlt sich hier offenbar ganz zu Hause. Nach dem Abendessen breitet sie in aller Seelenruhe ihr gesamtes Zeug auf meiner Matratze aus. Als ich mich darüber beschwere, zuckt sie nur mit den Schultern.

„Hab dich nicht so", sagt sie. „Ist wie früher, als du noch ein Windelpupser warst. Und bei dem Unwetter war es hier zu zweit doch auch ganz gemütlich."

Ansichtssache. Ich jedenfalls habe von Mias spitzem Ellenbogen immer noch einen blauen Fleck an der Seite. Eigentlich bräuchte sie einen Waffenschein für das Ding.

Ich quetsche mich neben Mia auf die Matratze.

„Mach dich mal nicht so breit", motzt sie.

„Selber", gebe ich zurück.

Mia reißt die Augen auf.

„Willst du damit etwa andeuten, dass ich fett bin?"

„Hä? Äh, nein."

Das fängt ja gut an.

„Ich bin nämlich nicht fett", stellt Mia klar. „Aber nur mal angenommen, ich wäre fett, solltest du dir die Bemerkungen darüber verkneifen. Kapiert?"

„Kapiert", sage ich brav.

Mia ist jetzt richtig in Fahrt. „Warum meinen eigentlich immer alle, dass sie über die Körper von Frauen urteilen dürfen?", fragt sie aufgebracht.

Ich zucke bloß mit den Schultern, denn in diesem Punkt bin ich eindeutig unschuldig. Nur über Mias Ellenbogen habe ich mir bislang ein Urteil erlaubt – und als kleine Schutzmaßnahme ein Kissen zwischen uns geklemmt. Aber das muss doch erlaubt sein.

„Außerdem geht es niemanden etwas an, wie dick jemand ist", ruft Mia jetzt. „Das ist fat shaming!"

„Würde ich nie machen", murmle ich versöhnlich.

Es ist nämlich echt wichtig, dass wir jetzt langsam schlafen. Genauer gesagt: dass meine Schwester schläft.

Nur dann kann ich mich unbemerkt aus dem Camper schleichen, um Wolf im Schutz der Dunkelheit in sein Nachtquartier zu bringen. Unser Plan ist folgender: Tagsüber sind wir gemeinsam mit Wolf im Wald oder am See, die Nächte verbringt er in Mias Zelt. Meine Schwester tippt noch eine halbe Ewigkeit auf ihrem Handy herum, dann schläft sie ein. Nachdem ich mich vergewissert habe, dass auch meine Eltern im Heck friedlich schlummern, ziehe ich endlich los.

Auf einem Campingplatz kehrt nie wirklich Ruhe ein. In irgendeinem Wohnmobil brennt eigentlich immer Licht. Außerdem gibt es jede Menge Verliebte, die spätabends vor ihrem Zelt hocken und auf Sternschnuppen warten. Was ich damit sagen will: Es ist gar nicht so einfach, Wolf unbemerkt in sein Zelt zu schmuggeln. Bemerkenswerterweise scheint er genau zu wissen, worauf es ankommt. Wir schleichen auf leisen Sohlen über den Platz und Wolf folgt uns, ohne auch nur einen Mucks von sich zu geben. Alles läuft bestens, bis Emily über diese Zeltschnur stolpert.

Die Dinger sollten besser beleuchtet sein!

Auf einmal geht alles ganz schnell. Die Verankerung im Boden löst sich und das Zelt sackt zusammen.

„Hey, was soll das?“, ertönt eine verschlafene Stimme.

„Mach mal Licht“, verlangt eine andere Stimme.

Keine Sekunde später leuchtet das Zelt auf. Ich schlucke schwer. Denn es gibt keinen Zweifel, was als Nächstes passieren wird: Der Reißverschluss wird aufgehen, wir werden geblendet im Licht der Taschenlampe stehen – und unsere ganze Aktion wird auffliegen.

Eigentlich gibt es nur eine Rettung. Und die heißt Flucht.

23. Kapitel

In meinem ganzen Leben bin ich noch nicht so schnell gerannt. Mein Herz schlägt bis zum Hals, ich bringe nur noch ein Keuchen heraus, aber es lohnt sich: Wir schaffen es unbemerkt in Mias Zelt. Eine Weile liegen wir einfach nur da und erholen uns. Dabei atmen wir so flach wie möglich. Wolf scheint sich als Einziger nicht an dem fiesen Geruch zu stören. Allerdings stört ihn bald etwas anderes: die Tatsache, dass wir uns von ihm verabschieden wollen. Wann immer wir einen Schritt aus dem Zelt machen, springt Wolf auf, um uns zu folgen.

„Seltsam“, sage ich. „Vorhin am Zaun hat es ihm auch nichts ausgemacht, allein zu sein.“

„Vielleicht hat er Angst im Dunkeln“, überlegt Jakub. „Hatte ich auch voll lange.“ Ich weiß nicht, was da dran ist: Die Campingleuchte brennt doch.

Fest steht, dass auch ein Napf voller Leckerlis Wolf nicht überzeugen kann.

„Du musst hierbleiben", säuselt Emily immer wieder. „Hier, Platz." Sie deutet auf die Isomatte. Doch Wolf macht keine Anstalten, sich hinzulegen.

„Irre ich mich, oder hat er gerade den Kopf geschüttelt?", fragt Jakub.

Emily kniet sich neben Wolf und krault seinen Hals. „Ich verspreche dir, wir holen dich morgen früh gleich wieder ab", sagt sie. „Mit einem Würstchen."

Wolf wackelt mit dem Ohr.

„Okay, mit zwei Würstchen."

Wolf blickt Emily verständnislos an.

„Vielleicht braucht er auch Hörgeräte", meint Jakub.

„Oder er kann nur Belgisch", sage ich.

„Belgisch?", fragt Jakub. „Wie kommst du auf Belgisch?"

„Wegen Bellen!"

Als Jakub losprustet, sieht Emily ihn streng an.

„Nicht hilfreich, Jungs!", sagt sie. „Nicht hilfreich."

Und wo sie recht hat, hat sie recht. Um etwas Sinnvolles zu tun, klopfe ich auf die Isomatte. Dabei mache ich dieses Schnalzgeräusch, das ich vom

Barfüßler kenne. So hat er Wolf schon öfter zu sich gelockt. Tatsächlich legt Wolf sich hin.

„Brav", lobe ich ihn und klopfe seine Flanke.

Doch kaum folge ich Emily und Jakub nach draußen, tut Wolf es mir nach. Irgendwie schafft er es sogar, mich unterwegs zu überholen. Er quetscht sich an mir vorbei, steht plötzlich als Erster vor dem Zelt und wirft mir einen triumphierenden Blick zu.

„Irre ich mich, oder lacht der Hund dich gerade aus?", fragt Jakub.

„Nicht hilfreich", wiederhole ich Emilys Worte.

Da höre ich Schritte. Irgendwo hinter uns im Dunklen. Emily hat sie auch gehört.

„Da kommt jemand!", zischt sie. „In Deckung!"

Mit einem Satz bin ich im Zelt. Emily schnappt Wolf am Halsband und schiebt auch Jakub unsanft zurück ins Zelt. Er stolpert und landet auf meinem Schoß.

„Oh, scheiße, entschuldige", sagt Emily prompt. Jakub nickt nur. Wir alle wissen, die Lage ist ernst. Auf keinen Fall dürfen wir mit Wolf erwischt werden. Ein unangemeldeter Hund auf dem Platz! Berta würde kurzen Prozess mit uns machen.

Mucksmäuschenstill sitzen wir im Zelt und starren uns an. Sogar Wolf scheint zu kapieren, was los ist. Regungslos liegt er in unserer Mitte, den Kopf zwischen den Pfoten.

Als sich die Schritte nähern, sind auch Stimmen zu hören. Ich spitze die Ohren. Wenn mich nicht alles täuscht, ist es Bighead mit irgendeinem Kumpel. Ich tippe auf Knorke, der hier Dauercamper ist, solange ich denken kann.

„Und der Kerl ist wirklich weg?", fragt Knorke. Er klingt irgendwie beschwipst.

„Ward nie mehr gesehen", sagt Bighead.

„Gut so. Würd mich nicht wundern, wenn der was ausgefressen hat. Da gab es doch letztens in der Stadt diesen Fall von Fahrerflucht."

„Hör mal, so ein Typ wie der hat doch kein Auto."

„War ja nur ein Gedanke."

„Na, dann denk nicht so viel!"

Die Stimmen werden leiser. Knorke und Bighead sind weitergestolpert. Jakub, der ihr Gespräch draußen nicht verstanden hat, sieht uns fragend an. Emily und ich geben ihm eine Zusammenfassung. Für uns ist die Sache klar: Sie haben über den Barfüßler gesprochen.

„Es macht sich echt niemand um ihn Sorgen", meint Jakub nachdenklich und fast ein bisschen traurig. „Also, niemand außer uns."

„Und ehrlich gesagt, haben wir gerade auch ein anderes Problem", erinnert ihn Emily. Sie deutet auf Wolf. Wir versuchen noch ein paarmal, uns von ihm zu verabschieden. Aber ohne Erfolg. Plötzlich habe ich eine Idee: Es muss ganz schnell gehen. Ohne langes Gekraule und Küsschen aufs Fell. Raus aus dem Zelt und Reißverschluss zu. Emily ist von meinem Plan nicht gerade begeistert, aber Jakub meint, dass wir es zumindest mal versuchen sollten. Sonst sitzen wir morgen noch hier.

„Auf drei!", gebe ich das Kommando. „Eins, zwei, drei!"

Dieses Mal sind wir so schnell, dass Wolf uns nur verdutzt hinterhergucken kann. Kaum sind wir im Freien, ziehe ich den Reißverschluss zu. Wir sind draußen. Wolf ist drin. Das wäre geschafft! Ich hebe die Hand und Jakub schlägt ein. Doch das Hochgefühl hält nicht lange an. Denn im nächsten Moment beginnt Wolf loszuheulen. Superlaut! Und supertraurig! Damit steht fest: Der Hund hat gewonnen.

24. Kapitel

Die schreckliche Wahrheit: Einer von uns muss über Nacht bei Wolf im Stinkezelt bleiben. Die Frage ist nur, wer.

„Ich nicht“, sagt Jakub sofort. „Ich habe eine empfindliche Nase.“

Ich werfe ihm einen zweifelnden Blick zu.

„Im Ernst!“, ruft er. „Mein Geruchssinn ist total ausgeprägt. Das weiß man doch: Wenn einer der fünf Sinne eingeschränkt ist, sind die anderen dafür besonders stark.“

Ich habe keine Ahnung, was ich davon halten soll. Irgendwie habe ich den Verdacht, dass Jakub uns nur austrickst, weil er den blöden Job nicht machen will. Also appelliere ich an seine Ehre.

„Findest du es richtig, deine Behinderung zu benutzen, um dich vor etwas zu drücken?“

Jakub sieht mich grinsend an. „Um mich vor dem Gestank zu drücken, ist mir jedes Mittel recht“, kontert er. „Außerdem habe ich wegen meiner Ohren jede Menge Nachteile. Da ist es nur fair, wenn sie mir auch mal einen Vorteil verschaffen, oder?“

Kein schlechtes Argument. Mein Blick fällt auf Emily.

„Granny ist immer total früh wach“, sagt sie schnell. „Wenn die mich morgens nicht im Bett liegen sieht, kann ich für nichts garantieren. In ihrem Alter kriegt man schnell mal einen Herzinfarkt ...“

„Okay, okay“, sage ich seufzend. „Ich penne heute Nacht hier. Aber danach wechseln wir uns ab!“

Dann geschieht etwas ganz und gar Unvorhergesehenes: Es wird die beste Nacht meines Lebens. So frei habe ich mich noch nie gefühlt! Ich vergesse sogar, dass das Zelt mitten auf einem Campingplatz steht, und komme mir vor wie ein richtiger Abenteurer. So einer, der an den Sternen die Himmelsrichtungen abliest. Und dem die Wolken verraten, wie das Wetter wird. Zugegeben, es dauert einen Moment, bis ich mich an den Gestank im Zelt gewöhnt habe. Denn auch wenn ich sämtliche Salbeipflanzen rausgeschmissen habe, hängt immer noch dieser Schweißgeruch in der Luft. Doch

Du bist ja ein richtiger Romantiker

nach einer Weile fällt er mir kaum noch auf. Dann ist es nur noch gemütlich! Und das habe ich vor allem Wolf zu verdanken. Er liegt mit dem Rücken zu mir auf der Seite, ich habe meinen Arm um ihn geschlungen. Er atmet ganz ruhig und ich denke: Ein Bett mit Hund ist ein gutes Bett. Egal, wo es steht. Und auch egal, wenn es gar kein richtiges Bett ist. Sondern nur eine Isomatte samt Schlafsack. Wolf ist ganz warm und weich. Kein Vergleich zu Mias harten Körperteilen. Wie schade, dass Schwestern kein Fell haben, denke ich noch – dann schlafe ich ein.

So großartig die Nacht ist, so kurz ist sie leider auch.

Noch vor Sonnenaufgang schmuggeln wir Wolf vom Platz. Direkt nach dem Frühstück berufen wir dann auf der Lichtung im Wald eine Krisensitzung ein. Ich nutze die Gelegenheit, um unsere Stinkbombenmischung in Augenschein zu nehmen. Es riecht echt eklig. Aber noch nicht eklig genug. Womit ich sagen will: Ich muss nicht würgen.

Du meinst „in Nasenschein".

„Das ändert sich spätestens, wenn der Essig drin ist", sagt Jakub fachmännisch. Dann kommt er auf unser eigentliches Thema zurück. „Lange wird das mit Wolf so nicht funktionieren“, meint er. Und hat natürlich recht.

Bald werden unsere Eltern dahinterkommen, dass wir, anders als behauptet, gar nicht abwechselnd beieinander übernachten. Das ist die Notlüge, die wir uns überlegt haben. Außerdem wird Mia früher oder später wieder in ihr Zelt ziehen wollen. Oder jemand wird Wolf entdecken – hier gibt es einfach zu viele Neugierige, die den ganzen Tag in der Gegend rumglotzen. Und selbst wenn all das wider Erwarten nicht passieren sollte, steht doch fest: Irgendwann sind die Ferien vorbei. Spätestens dann braucht Wolf wieder ein richtiges Zuhause. Denn von uns kann ihn leider keiner bei sich aufnehmen. Mein Vater hat eine Tierhaarallergie, Jakub darf nicht mal Urzeitkrebse haben und Emily pendelt wöchentlich zwischen ihren Eltern hin und her. Was ein Haustier angeblich absolut unmöglich macht. Unsere Mission ist wichtiger denn je: Wir müssen den Barfüßler finden.

25. Kapitel

Mir fallen die Bibliotheksbücher wieder ein, die ich vom Hausboot mitgenommen habe. Ob wir da irgendwelche Anhaltspunkte finden? Ich flitze zum Camper, hole die Tasche und breite den Inhalt im Gras aus. Es ist eine wilde Mischung: ein Deutsch-Niederländisches-Wörterbuch; ein Krimi, der in Irland spielt; ein Buch über Picasso und eines über die größten Ernährungsirrtümer.

„Hm", macht Jakub. „Das hilft uns auch nicht weiter."

Das stimmt leider: Es ist kein roter Faden erkennbar. Ich meine, würde der Krimi in Amsterdam spielen und wäre es ein Buch über Van Gogh, könnte man daraus *vielleicht* schließen, dass der Barfüßler Urlaub in den Niederlanden macht. Allerdings hätte er dann garantiert Wolf mitgenommen.

„Zurückbringen sollten wir die Bücher trotzdem", sage ich. „Und zwar heute noch."

Jakub sieht auf. „Du willst nach Kirchheim fahren?“, fragt er. „Mit dem Bus?“

„Na ja, eigentlich wollte ich meinen Porsche nehmen, aber der ist gerade in der Werkstatt.“

Jakub seufzt. Ich weiß schon, warum er nicht begeistert ist. Ins Dorf kann man radeln. Aber in die Stadt zu kommen, ist ein richtiger Akt. Da geht der komplette Vormittag drauf! Erst muss man mit dem Rad ins Dorf und da dann in den Bus – der nur dreimal am Tag kommt – und einen nach einer guten Stunde Fahrt endlich auf dem Kircheimer Marktplatz ausspuckt.

„Und was ist mit Wolf?“, frage ich.

„Na, was wohl?“, meint Emily. „Den nehmen wir mit.“

Das hätte ich mir eigentlich denken können.

Damit ist es beschlossene Sache. Wir holen unsere Räder, Geld und Snacks, die Jakub in der kleinen Tasche verstaut, die er bei Ausflügen immer quer über der Brust trägt. Dann machen wir uns auf den Weg ins Dorf. Der Waldweg ist übersät mit Pfützen, wir düsen mittendurch und sind ziemlich schnell von oben bis unten braun gesprenkelt. Egal! Es macht einfach zu viel Spaß. Wolf ist mindestens so vergnügt wie wir. Wie wild rast er durchs Unterholz und steckt nur manchmal seinen Kopf aus dem Gebüsch, um sich zu vergewissern, dass wir immer noch unterwegs in die gleiche Richtung sind.

Alles könnte so schön sein, würden nicht die fiesen Vier unseren Weg kreuzen. Wie immer in Komplettbesetzung. Alle vier tragen ihre blauen THW-Anzüge. Garantiert wollen sie zum Campingplatz.

„Berta braucht euch nicht mehr“, ruft Emily. „Der Platz ist längst trocken!“

„Wer uns braucht oder nicht, entscheiden immer noch wir“, gibt Johanna zurück und springt zur Seite. In einem Wahnsinnstempo zischen wir an der Bande vorbei. Das fühlt sich ziemlich gut an. Für ungefähr drei Sekunden.

Dann wird mir klar, dass die fiesen Vier heute gänzlich unbeobachtet sein werden. Kurz überlege ich, Mia um Hilfe zu bitten. Aber die ist wahrscheinlich vollauf mit ihrem Luis beschäftigt. Der sie natürlich gerne ablenkt. Verdammt. Um uns zu beraten, machen wir kurz halt: Denn beim Fahren hört Jakub nicht viel mehr als den Fahrtwind.

„Was kann im schlimmsten Fall passieren?“, fragt Emily.

„Sie könnten die Wasserbomben klauen“, meint Jakub.

„Die habe ich zwischen den Nachthemden von Granny versteckt.“

„Sie könnten die Nachthemden deiner Granny klauen.“

„Sehr witzig“, meint Emily.

Ich will noch etwas hinzufügen, da ist in der Ferne dieses Wolfsgeheul zu hören. Irritiert runzle ich die Stirn. Ich bin mir sicher, dass unsere verhassten Lieblingsfeinde den Lärm veranstalten. Ich weiß nur nicht, was er bedeutet.

26. Kapitel

Gegen Mittag kommen wir endlich in Kirchheim an. Wir stolpern aus dem Bus und mitten hinein in den trubeligen Wochenmarkt.

„Weiß jemand, wo die Bibliothek ist?“, fragt Emily. Ich schüttle den Kopf, Jakub zuckt mit den Schultern. Er nimmt sein Handy, um nach der Adresse zu recherchieren. In genau dem Moment trabt Wolf los. Ohne sich auch nur einmal nach uns umzusehen, bahnt er sich einen Weg zwischen den Gemüseständen hindurch.

„Hey“, rufe ich. Das fehlt gerade noch, dass wir nach dem Barfüßler nun auch noch den Hund verlieren! Warum haben wir nicht an eine Leine gedacht?

Weil der Barfüßler gar keine besitzt.

„Sitz, Platz, Stopp!“, rufe ich verzweifelt.

Doch Wolf ist schon verschwunden.

Kurz, ganz kurz denke ich, dass er vielleicht eine Fährte aufgenommen hat. Dass er uns direkt zum Barfüßler bringt. Zu irgendeiner Bank, auf der er es sich mit einer Zeitung und einem Kaffee gemütlich gemacht hat. Aber das ist natürlich Unsinn. Wir wollen uns gerade aufteilen, um Wolf zu suchen, als Jakub plötzlich nach meiner Schulter greift.

„Da vorne!", sagt er. „Beim Bäckerwagen!"

Tatsächlich. Etwa dreißig Meter entfernt hat Wolf sich ein schönes Plätzchen gesucht, um sein Bein zu heben. In aller Ruhe pieselt er an das Schild, das frische Croissants verspricht. Das gibt eine ordentliche Pfütze.

„Hey!", brüllt der Mann hinter dem Tresen prompt. Dabei wackelt er so aufgeregt mit dem Kopf, dass sein weißes Hütchen verrutscht. „Wem gehört der verdammte Hund?", schreit er. Natürlich geben wir nicht zu, dass dieser verdammte Hund zu uns gehört. Mit eingezogenen Köpfen eilen wir an dem Bäckerwagen vorbei, denn Wolf ist schon weitergezogen. Noch einmal wird er uns nicht entwischen!

Wolf verlässt den Marktplatz und biegt in eine Seitenstraße ein. Er nimmt die erste links, die zweite rechts und dann bleibt er plötzlich stehen. Vor einem imposanten

Backsteingebäude. BIBLIOTHEK steht in schwarzen Buchstaben daran. Wolf winselt leise.

Ich bin schwer beeindruckt.

„Irgendwie scheint er uns doch zu verstehen“, sage ich.

Jakub will nicht so recht daran glauben. „Ich vermute eher, dass er mit dem Barfüßler immer hier war. Er ist einfach den Weg gelaufen, den er kennt.“

Zugegeben, das klingt realistischer. Hauptsache, wir sind hier. Jetzt können wir die Bücher zurückgeben.

Hinter dem Eingang ist ein langer Gang mit einer Glastür am Ende. Wolf bleibt direkt davor sitzen.

„Braves Hündchen“, murmelt Emily und drückt die Glastür auf. Auf der anderen Seite steht ein großer Apparat, an dem man seine Bücher selbst zurückgeben kann. Während wir eines nach dem anderen scannen, lächelt uns die Bibliothekarin hinter dem Tresen freundlich zu. Dann springt sie plötzlich auf – im ersten Moment befürchte ich, dass wir irgendwas falsch gemacht haben. Den superteuren Scanner zerstört oder so. Doch die Bibliothekarin interessiert sich nicht für uns. Sie eilt so schnell an uns vorbei zur Glastür, dass ihr gestreifter Rock um ihre Beine flattert.

„Ja, ist das nicht?“, ruft sie mit heller Stimme. „Ja, aber das ist doch –“

Hinter der Tür spitzt Wolf die Ohren und beginnt, wild zu wedeln. Die Begeisterung beruht eindeutig auf Gegenseitigkeit. Kaum hat die Bibliothekarin die Tür aufgerissen, springt der Hund ihr entgegen und leckt ihr einmal quer über das Gesicht.

Die Bibliothekarin lacht.

„Ich hab mich schon die ganze Zeit gewundert, wo du steckst. Du und dein Herrchen, ihr kommt doch sonst regelmäßig“, sagt sie und reckt den Kopf. „Aber sag mal, wo ist er denn überhaupt?“

Das ist unser Einsatz.

„Ähm“, räuspere ich mich. „Das wären wir. Wir sind die Herrchen. Und äh, das Frauchen.“

Die Frau sieht mich misstrauisch an. „Ihr? Aber hört mal, ich kenne diesen Hund! Und den Menschen, der dazugehört.“

„Eigentlich sind wir bloß die Hundesitter“, beeilt Emily sich zu erklären. „Solange ... äh, solange der Barfüßler weg ist.“

„Der Barfüßler?“

Jetzt guckt die Frau fast amüsiert. Auf ihrem Kinn erscheint ein Grübchen. Und ich beschließe, dass ich sie mag. Irgendwie erinnert sie mich an meine Deutschlehrerin.

Mich auch an meine! Gewagte Theorie: Sind all unsere Lehrer nur geklont?

Jakub nickt.

„Wir ... äh ... wir wissen nicht, wie er wirklich heißt."

„Verstehe." Die Bibliothekarin zupft ein Hundehaar von ihrem Rock. „Na, Barfüßler passt ja."

Da habe ich einen Einfall.

„Sie wissen, wie er wirklich heißt, oder? Wenn er einen Bibliotheksausweis hat, müssen Sie das wissen!" Ich setze mein nettestes Lächeln auf. „Würden Sie uns seinen Namen verraten?"

Netter Versuch.

Die Frau sieht mich entschuldigend an.

„Geht leider nicht", sagt sie. „Datenschutz, du weißt schon ..." Sie wechselt das Thema. „Auf jeden Fall ist es sehr nett, dass ihr euch um seinen Hund kümmert. Das waren dann bestimmt auch seine Bücher, die ihr da zurückgebracht habt?"

Wir nicken.

„Und wann kommt euer Barfüßler denn wieder?"

„Äh –"

„Na, er wird euch doch gesagt haben, wie lange er verreist ist!"

Wir wechseln einen schnellen Blick. Niemand hat von einer Reise gesprochen. Es ist immer wieder interessant, wie schnell Menschen voreilige Schlüsse ziehen. Wir eingeschlossen. Ob wir der netten Bibliothekarin sagen sollen, was wirklich Sache ist? Dass der Barfüßler verschwunden ist? Immerhin scheint sie ihn zu mögen. Vielleicht hat sie sogar einen Hinweis für uns? Irgendeine Information, mit der wir weiterarbeiten können, um das Rätsel zu lösen. Doch dann kommt die Bibliothekarin uns zuvor.

„Sagt mal, könntet ihr mir einen Gefallen tun?", fragt sie. „Euer Barfüßler hat hier bei seinem letzten Besuch irgendein Heft liegen lassen. Würdet ihr es ihm mitnehmen? Ihr seht ihn ja sowieso früher als ich."

Emily nickt sofort.

„Klar", sagt sie. „Klar, wir nehmen das Heft mit."

Die Bibliothekarin lächelt. Da ist wieder das Grübchen.

„Prima! Eine Sache weniger, auf die ich aufpassen muss."

Die Bibliothekarin verschwindet hinter dem Tresen und kramt eine Weile herum. Als sie wieder auftaucht, bleibt mir der Mund offen stehen.

Von wegen „irgendein Heft". Das ist kein Heft, das der Barfüßler vergessen hat. Das ist sein Notizbuch!

In den letzten Ferien hat er es die ganze Zeit mit sich herumgetragen. Wir haben immer überlegt, was er da eigentlich reinschreibt – aber gefragt haben wir nie. Jakub hat vermutet, dass der Barfüßler in das Buch Gedichte schreibt. Emily und ich waren davon überzeugt, dass es eine Art Tagebuch ist. Auf jeden Fall waren wir uns einig, dass es sich um höchst private Aufzeichnungen handeln muss. Auf einmal bin ich superaufgeregt. Und ich weiß, dass es den anderen ganz genauso geht. Die Bibliothekarin ahnt ja gar nicht, was sie uns da für einen Schatz überlässt.

Bestimmt finden wir darin Notizen, die uns endlich den Namen des überaus rätselhaften Barfüßlers verraten – und vielleicht den Grund für sein plötzliches Verschwinden gleich mit.

Beinahe andächtig nimmt Emily das Notizbuch an sich.

„Äh, also wir gehen dann mal“, murmelt sie. „Tschüssi.“

Langsam und im Rückwärtsgang laufen wir zur Glastür. Die ganze Zeit über lächeln wir die Bibliothekarin breit an. Jakub winkt sogar ein bisschen. So, wie es vertrauenswürdige Zeitgenossen eben tun. Auf keinen Fall darf sie sich die Sache mit dem Buch anders überlegen!

Kaum sind wir durch die Glastür, drehen wir uns um und flitzen los. Wolf springt bellend auf. Gemeinsam geht es durch den Gang und raus aus dem Gebäude. Doch das reicht uns nicht. Wir rasen weiter und weiter und weiter und hören erst auf, als wir einen kleinen Park erreichen. Atemlos sinken wir in den Schatten einer Linde. Und dann schlagen wir das Buch auf.

27. Kapitel

„Das sind ja bloß Witze!"

Jakub hat recht. In dem Buch stehen Witze. Nichts als Witze! Fein säuberlich notiert in der kleinen Handschrift des Barfüßlers. Ratlos blättern wir durch die Seiten.

„Warum zur Hölle schreibt der Barfüßler so was auf?", fragt Emily und liest vor: „Wie nennt man ein weißes Mammut? – Hellmut."

„Weil es lustig ist?", vermute ich.

Jakub schmunzelt ein bisschen. Aber Emily rümpft nur die Nase.

„Kann sein. Aber es ist doch völlig egal, wie ... wie", sie wirft wieder einen Blick in das Büchlein, „wie man etwas nennt, das in der Erde ist und stinkt!"

„Hä?", macht Jakub irritiert. „Etwas, das in der Erde ist und singt?"

Emily schüttelt den Kopf. „Nein, *stinkt*."

„Ach so." Jakub zuckt unbeeindruckt mit den Schultern. „Das ist leicht. Das ist eine Furzel."

Jetzt muss ich lachen. Genauso wie Emily.

„Okay", gibt sie zu. „Der Witz ist nicht schlecht. Aber jetzt mal zurück zum Punkt. Das Buch bringt uns in Sachen Barfüßler doch kein bisschen weiter! Nicht mal sein richtiger Name steht drin."

„Immerhin wissen wir jetzt, dass er einen speziellen Humor hat", sage ich und schnappe mir das Buch, um noch ein paar Witze rauszusuchen.

Ich habe die merkwürdige Angewohnheit, Zeitschriften von hinten durchzublättern. Und genau das tue ich auch mit dem Notizbuch des Barfüßlers. Da stoße ich auf einen Fetzen Papier. Wie ein zu breit geratenes Lesezeichen liegt er zwischen den letzten, leeren Seiten.

„Was haben wir denn hier?"

Wenn mich nicht alles täuscht, wurde der Fetzen aus einer Zeitung herausgerissen.

WIR BRAUCHEN PLATZ!
Alles zum halben Preis – nur bei SCHUH-MAXI
Spazieren wie auf Wolken!

Darunter ist die Fotomontage eines Lederschuhs auf einem Wattewölkchen zu sehen.

„Ist bloß Werbung“, stellt Jakub ernüchtert fest, der wie Emily auch über meine Schulter blickt.

„Jaha!“, rufe ich aufgeregt. „Aber die Frage ist doch: Werbung wofür?“

„Für hässliche Opaschuhe“, meint Emily und unterdrückt ein Gähnen. „Ich glaube, ich brauche langsam was zu futtern. Haben wir noch Snacks? Sonst schlafe ich gleich ein.“

Frecherweise! Wir hatten kein Mittagessen!

Ich ignoriere die Frage.

„Denkt doch mal mit!“, rufe ich so laut, dass sogar Wolf den Kopf hebt. „Das ist nicht irgendeine Werbung. Der Barfüßler hat die Seite rausgerissen und in sein Notizbuch gesteckt. Und warum wohl? Weil er sich endlich ein Paar Schuhe kaufen wollte!“ Ich springe auf. „Wir müssen zu Schuh-Maxi! Dort können sie sich bestimmt an ihn erinnern. Viele barfüßige Kunden werden die ja wohl nicht haben.“

Emily und Jakub sehen sich an.

„Klingt eigentlich logisch“, gibt Emily langsam zu.

„Nicht logisch, sondern genial!“, korrigiere ich sie.

„Und hier steht auch die Adresse. Hauptstraße 83. Da sind wir vorhin mit dem Bus langgefahren. Los, worauf wartet ihr noch?"

Jede Wette, dass ich richtigliege?

Ich meine, wer braucht Schuhe dringender als ein Barfüßler?

28. Kapitel

Schuh-Maxi müsste eigentlich Schuh-Mini heißen. Der Laden ist so winzig, dass wir beinahe daran vorbeilaufen. Wären da nicht diese knallroten Klebebuchstaben auf der Schaufensterscheibe: *50% auf ALLES!*

Bevor wir das Geschäft betreten, wollen wir eigentlich noch schnell einen Plan machen: Wer fragt was und vor allem wie. Es ist enorm wichtig, jetzt keinen Fehler zu machen. Schließlich haben wir nur diese eine Spur – sonst nichts.

Doch dann kommt uns der Verkäufer zuvor. Kaum sieht er uns vor seiner Schaufensterscheibe stehen, eilt er auch schon auf die Straße. Für einen so kleinen und schmalen Laden ist der Typ überraschend groß und breit.

„Wollt ihr euren Füßen mal was richtig Gutes gönnen?"

„Äh –"

„Schon mal auf Wolken spaziert?“

„Äh –“

„Sagt mal, wie alt sind die Treter, die ihr da tragt, eigentlich?“

Wir blicken an uns herunter. Sogar Wolf scheint einen Moment lang seine Pfoten zu begutachten, dann legt er sich in den Schatten der Markise. Meine abgelatschten Turnschuhe hatte ich auf jeden Fall schon letzten Sommer. Leider passen sie mir immer noch: Wachsen gehört eindeutig nicht zu meinen Talenten. Emilys gelbe Turnschuhe sehen auch nicht viel besser aus. Die Schnürsenkel sind gerissen. Wahrscheinlich gibt es nur an Jakubs Outdoor-Sandalen nichts zu meckern.

Dafür hast du andere, Watson!

„Mit durchgelaufenen Sohlen macht ihr eure Füße kaputt, wisst ihr das?“, fragt der Verkäufer und streicht sich über sein braunes Haar, das wie angeklatscht aussieht. „So was beeinflusst den ganzen Körper. Erst steht die Hüfte schief, dann macht die Wirbelsäule einen Schlenker und auf einmal knirscht ihr euch den Zahnschmelz ab.“

Mir wird klar: Das Ganze wird schwieriger als gedacht. Der Typ redet ohne Punkt und Komma und lässt uns gar nicht zu Wort kommen. So versessen ist er darauf, seine blöden Schuhe loszuwerden. Ich werfe Emily einen hilflosen Blick zu. Doch die lächelt nur.

„Ich brauche Sandalen“, sagt sie.

Und schon hat sie die volle Aufmerksamkeit des Verkäufers.

„Freut mich, ich bin der Maxi persönlich!“, sagt er. Dabei deutet er eine Verbeugung an, bei der seine komplette Frisur nach vorne klappt. Schuh-Maxi schiebt sein Haar zurück, dann winkt er Emily wie eine Königin in seinen Laden. Jakub folgt ihr über die Schwelle.

„Ich ... äh ... ich passe dann mal auf Wolf auf“, murmle ich verdattert.

Keine Ahnung, wie das passieren konnte: Der Besuch bei Schuh-Maxi war meine Idee, aber jetzt bin ausgerechnet ich derjenige, der alles durchs Schaufenster beobachten muss. Zugegeben, die beiden haben die Sache voll im Griff. Vor allem Emily. Danke, danke.
Sie lässt sich ein Paar Schuhe nach dem anderen bringen. Erst will sie die Sandalen in Rot, dann in Blau, dann wieder in Rot. Schuh-Maxi kommt immer mehr ins Schwitzen und redet immer weniger. Bis es irgendwann so weit ist: Emily übernimmt das

Wort. Obwohl ich nicht höre, was sie sagt, weiß ich, dass sie jetzt gerade – in genau diesem Moment – die entscheidende Frage stellt. Denn Emily deutet auf ihre Füße, die mit den durchsichtigen Probiersocken beinahe nackt aussehen. Nackte Füße: das besondere Erkennungszeichen unseres verschwundenen Freundes.

Doch Schuh-Maxi schüttelt den Kopf. Moment. Das kann nicht sein! Das darf nicht sein! Ich drücke meine Nase an der Scheibe platt. Emily versucht es noch einmal anders. Sie fasst sich mit der einen Hand an das Kinn und mit der anderen an den Hinterkopf, wahrscheinlich, um den Vollbart und den Dutt des Barfüßlers zu beschreiben. Doch Schuh-Maxi bleibt dabei: Er schüttelt energisch den Kopf. Und da sagt Emily gar nichts mehr. Sie sieht beinahe niedergeschlagen aus. Prompt nutzt Schuh-Maxi die Gelegenheit, um wie zuvor munter weiterzuplappern. Ich kann mir schon denken, was er sagt: Wenn wir unseren Freund finden, müssen wir ihn unbedingt bei ihm vorbeischicken. Denn er hat Schuhe, da läuft man wie barfuß. Barfuß auf Wolken! Das ist doch genau das Richtige für unseren Freund ...

Enttäuscht wende ich den Blick ab. Ich will nichts mehr sehen, nichts mehr hören.

Das war ein Reinfall. Ein totaler Reinfall. Hier, mit dem winzigen Schuhgeschäft, endet unsere Spurensuche. Ohne jeden weiteren Hinweis. Wir stecken in einer Sackgasse. Ich könnte heulen vor Enttäuschung. Schöne Detektive sind wir!

Und dann, ja, dann kommt es tatsächlich noch dicker.

29. Kapitel

Jakub stolpert aus dem Schuhgeschäft. Er hat die Schwelle übersehen, weil er sich ganz auf seine Tasche konzentriert. Mit gesenktem Blick kramt er darin herum.

„Suchst du was Bestimmtes?", frage ich.

Jakub antwortet nicht.

„Ich glaube, die Batterien haben schlapp gemacht", vermutet Emily, die jetzt auch aus dem Laden kommt.

Das ergibt Sinn. Normalerweise melden Hörgeräte sich mit einem regelmäßigen Piepen, wenn die Batterien schwächer werden. Aber Jakub hat die Funktion ausgestellt, weil er davon total genervt war. Bei ihm gibt es jetzt nur noch einen einzigen Hinweis – und dann war es das. Manchmal hilft ein Aus- und Einschalten der Geräte, um das letzte Fitzelchen Energie rauszuholen. Aber heute tut sich gar nichts mehr. Genau für den Fall trägt Jakub immer Ersatzbatterien mit sich herum. In einem

Den sogenannten Todespieps

Extrafach in seiner Tasche. Eigentlich kann es gar nicht so lange dauern, sie zu finden.

Na endlich, denke ich, als Jakub seine Hand aus der Tasche zieht. Doch als er die Faust mit einem grimmigen Blick öffnet, sind keine Batterien zu sehen. Auf seinem Handteller liegt eine kleine schwarze Feder.

Ich sauge scharf die Luft ein.

Jetzt wissen wir also, was die fiesen Vier getrieben haben, nachdem sie Jakub im Schuppen eingesperrt hatten. Sie haben sich an seinen Sachen zu schaffen gemacht! Irgendetwas in der Art war ja zu erwarten. Aber dass die Idioten die Frechheit haben, Batterien für Hörgeräte zu klauen, das überrascht mich dann doch.

„Das ist echt unterste Schublade“, schimpfe ich und gehe davon aus, dass Jakub mich dank meiner Mimik und Mundbewegungen schon versteht. Doch Jakub lächelt nur. Seltsam. Lächeln kann ein Anzeichen dafür sein, dass Jakub nichts verstanden hat. Das weiß auch Emily. Sie kramt ihr Handy hervor.

„Die Aktion ist total unfair“, tippt sie und fügt eine Reihe wütender Emoticons hinzu. Dann hält sie Jakub das Display unter die Nase.

„Klar“, sagt er und nickt. „Aber irgendwie ist es doch auch einfallsreich, oder?“

Einfallsreich? Emily und ich sehen uns an. Jetzt sind wir diejenigen, die nichts verstehen. Absolut gar nichts. Wie kann man so eine hinterhältige Nummer bitte einfallsreich finden?

Jakub zuckt nur mit den Schultern. „Wie auch immer“, sagt er seufzend. „Ich tu dann mal, was zu tun ist.“ Und ehe wir uns versehen, ist er im Supermarkt nebenan verschwunden.

Ich werfe Emily einen verdatterten Blick zu.

„Gibt's da drin überhaupt die passenden Batterien?“, frage ich.

„Er wird schon wissen, was er tut“, meint Emily und tätschelt Wolfs Flanke.

Um mir die Zeit zu vertreiben, krame ich noch einmal die bescheuerte Schuh-Maxi-Werbung aus meiner Hosentasche. Das Notizbuch hat Emily freundlicherweise in ihre Latzhose gepackt. Die hat einfach größere Taschen. Wie bin ich überhaupt auf die Idee gekommen, dass der Barfüßler sich Schuhe kaufen wollte? Wo er doch immer davon redet, wie toll es ist, barfuß durch die Gegend zu rennen.

Auf einmal höre ich Emilys Stimme:

„Was ist grün und tut weh, wenn man es ins Gesicht bekommt?"

„Hä?", mache ich.

„Falsch", sagt sie. „Ein Billardtisch."

„Hä?", mache ich noch einmal.

Emily deutet auf den Papierfetzen in meiner Hand.

„Steht da drauf", sagt sie.

Ich drehe die Schuh-Maxi-Werbung um. Tatsächlich. Auf der Rückseite ist ein Witz abgedruckt. Das erklärt so einiges. Die Schuhe haben den Barfüßler natürlich nicht die Bohne interessiert! Wütend knülle ich das Papier zusammen und werfe es in den nächstbesten Mülleimer. Was bin ich nur für ein stümperhafter Detektiv! Ich überlege gerade, ob es mir wohl irgendwie gelingt, mir selbst in den Arsch zu beißen, als Jakub aus dem Supermarkt kommt. Er sieht ziemlich zufrieden aus. In seinen Händen trägt er Essig. Eine ganze Literflasche Essig. Ich bin sprachlos.

„Ich dachte, unser Taschengeld soll nicht für die fiesen Vier verschwendet werden?", tippe ich in Emilys Handy.

Doch Jakub lacht nur.

„Das“, sagt er, „ist keine Verschwendung. Das ist eine Investition.“

30. Kapitel

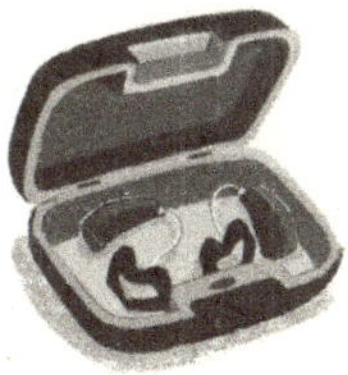

Im nächstbesten Elektro-Fachmarkt gibt es die Batterien, die Jakub braucht. Nach ein bisschen Fummelei setzt er die Hörgeräte wieder ein und verkündet fröhlich: „Ich wäre dann so weit."

Emily und ich seufzen. Die Sache ist die: Sobald Jakub nach einem längeren Hörgeräte-Ausfall wieder am Start ist, will er von uns immer hören, wie toll er ist.

„Ist doch eine schöne Tradition", verteidigt sich Jakub, wenn wir es wagen, deswegen zu murren. „Das Erste, was ein Mensch zu hören kriegt, sollten Komplimente sein. Das macht direkt gute Laune."

„Äh, du bist ein super Kerl", beginnt Emily.

„Und?"

„Gut aussehend", ergänze ich. „Und clever ... und ... gut aussehend."

„Das hatten wir schon", sagt Jakub.

Doch ich bin mit meinen Gedanken längst woanders. Mein Blick ist auf das weiß gestrichene Haus schräg gegenüber gefallen. KADERS KAFFEEHAUS steht in großen türkisfarbenen Buchstaben auf den Scheiben im Erdgeschoss. Irgendetwas daran kommt mir total bekannt vor. Dabei weiß ich ganz genau, dass ich noch nie hier gewesen bin. Merkwürdig. Ich will das Ganze gerade als Hirnspinnerei abtun, als ein junger Mann aus dem Café kommt. In der einen Hand ein Croissant, in der anderen einen Kaffeebecher. In dem Moment geht mir ein Licht auf: Den gleichen Mehrwegbecher, mit genau diesem Logo, habe ich im Hausboot des Barfüßlers gesehen! Das heißt, anders als im Fall von Schuh-Maxi, *muss* der Barfüßler tatsächlich hier gewesen sein.

Wenn ich das nur lese, knurrt mir der Magen.

Wenn das keine neue Spur ist, weiß ich es auch nicht! Als ich den anderen davon erzähle, überschlägt sich meine Stimme vor Aufregung. Emily und Jakub sind ganz meiner Meinung: Wir sollten dem Café unbedingt einen Besuch abstatten. Es gibt nur ein Problem: Wolf scheint dazu absolut keine Lust zu haben. Je näher wir dem Café kommen, desto langsamer läuft er. Schließlich bleibt er komplett sitzen. Mitten auf der verdammten Kreuzung.

„Nein, nein“, rufe ich. „Du musst weiter. Komm, weiter.“

Doch Wolf sitzt da wie gelähmt. Er starrt auf den grauen Asphalt mit den gelben Markierungen.

„Ja, genau, da ist ein Unfall passiert“, sage ich genervt. „Und damit das nicht noch mal passiert, müssen wir jetzt weiter. Los. Komm. Hopp.“ Ich versuche, Wolf von hinten anzuschieben. Ohne Erfolg. Da hupt auch schon das erste Auto. Ich werfe einen verzweifelten Blick rüber zur anderen Straßenseite, wo Emily und Jakub bereits vor dem Café auf uns warten.

„Kann mir vielleicht mal jemand helfen?“, rufe ich.

Stell dir einfach vor, du bist der Leitwolf.

Emily seufzt. Dann führt sie Daumen und Zeigefinger zu ihren Lippen und pfeift. Ein Mal nur, kurz und laut. Schon setzt sich Wolf in Bewegung. Und ich stehe da wie ein absoluter Volltrottel. Zerknirscht winke ich den Autofahrern zu beiden Seiten eine Entschuldigung zu, dann bringe ich mich in Sicherheit. Ich mag Wolf, wirklich. Aber manchmal macht mich dieses Tier echt fertig. Zum Glück versucht er gar nicht erst, uns in das Café zu begleiten. Er legt sich brav neben die Tür und versteckt den Kopf zwischen den Pfoten.

Kaders Kaffeehaus ist total stylisch. Überall stehen hohe Tische herum. Auf türkisfarbenen Barhockern sitzen Leute hinter Laptops und sehen wichtig und gelangweilt zugleich aus. Staunend blicke ich mich um. Irgendwie hatte ich nicht erwartet, dass dem Barfüßler so was gefällt. Er ist doch eindeutig eher der Naturtyp.

Emily hat sich schon bis zum Tresen vorgedrängelt.

„Was hättest du denn gern?", fragt ein Mann mit großen goldenen Ohrringen.

„Eine Limo, ein Croissant und eine Auskunft."

„Uhrzeit oder Wetter?", fragt der Mann.

„Weder noch", sagt Emily und schüttelt ernst den Kopf. „Wir brauchen Infos zu einem Stammkunden."

Der Mann hinter dem Tresen muss lachen.

„Stammkunden haben wir viele. Was, Kader?"

Er schaut über seine Schulter zu der Frau, die weiter hinten die riesige Kaffeemaschine bedient. Ihre Lippen haben das gleiche Pink wie das Tuch, das sie sich locker um den Kopf geschlungen hat.

„Wir haben *nur* Stammkunden", ruft Kader zurück. „Und wer noch keiner ist, wird es spätestens nach dem ersten Kaffee."

Jetzt lachen sie beide.

Emily kramt ein Blatt Papier aus einer der unzähligen Taschen ihrer Latzhose. „Also, er sieht in etwa so aus."

Ich stelle mich auf die Fußspitzen, um einen Blick auf das Blatt zu werfen – und bin schwer beeindruckt. Emily hat tatsächlich so etwas wie ein Phantombild vom Barfüßler gezeichnet. Und es ist super geworden! Der Mann mit den Ohrringen runzelt die Stirn.

„Zopf, Vollbart ..." Er schüttelt den Kopf. „Tut mir leid, so sieht bei uns jeder zweite aus." Er macht eine Handbewegung durch den Laden. Es stimmt. Viele Männer hier haben eine gewisse Ähnlichkeit mit dem Barfüßler. Mittlerweile ist auch Kader neugierig geworden. Sie wendet sich von ihrer Kaffeemaschine ab und wirft einen Blick auf Emilys Skizze.

„Mensch, Sebastian, das ist doch klar!", sagt sie. „Das ist der große Hafer-Cappuccino mit Zimt!"

„Hä?", mache ich.

Kader grinst. „Wenn wir die Namen unserer Gäste nicht kennen, verpassen wir ihnen selbst einen."

Sie macht eine kleine Nickbewegung zum Fenster, an dem ein älterer Herr sitzt. „Das da ist das Eier-Sandwich ... und die Frau daneben ist der doppelte Espresso ohne Keks! Ganz nach dem Motto: Du bist, was du isst. Oder trinkst." Sie macht eine kleine Pause und denkt nach. „Den großen Hafer-Cappuccino mit Zimt habe ich schon eine ganze Weile nicht mehr gesehen."

Nun scheint sich auch der Mann mit den Ohrringen – Sebastian – zu erinnern.

„Stimmt", ruft er. „Das ist bestimmt zwei Wochen her ... Du, das war sowieso seltsam. Da hat er sich hier bei mir in die Schlange gestellt und als er endlich dran war, hatte er es sich anders überlegt. Ich glaube, er hat irgendwas vergessen und wollte es noch schnell holen ..."

„Sein Notizbuch", murmle ich.

„Komisch, dass er nicht mehr zurückgekommen ist", findet Kader. „Oder war das vielleicht der Tag, an dem die Straße abgesperrt wurde? Da war doch dieser schlimme Unfall."

Sebastian nickt ernst. „Das war ganz übel", erinnert er sich. „Ein Fußgänger wurde angefahren und ist über die Motorhaube geflogen. Der wurde so durch die Luft gewirbelt, dass er sogar seine Schuhe verloren hat.“

Ich werde stutzig. „Er hat seine Schuhe verloren?“, wiederhole ich.

Kader zuckt mit den Schultern. „Das hat zumindest der Apfelkuchen mit Sahne gesagt. Der war dabei. Die Schuhe wurden aber nirgends gefunden. Keine Ahnung, wo die gelandet sind!“

Ich fasse Emily und Jakub am Arm.

„Denkt ihr, was ich denke?“, frage ich leise.

Emily und Jakub wechseln einen Blick.

„Ich denke, dass ich jetzt auch gerne so einen Apfelkuchen mit Sahne hätte“, murmelt Emily.

Jakub lacht.

„Mensch, Leute!“, rufe ich. „Was wissen wir über das Unfallopfer?“

„Äh ... dass es durch die Luft geflogen ist?“

„Und dabei seine Schuhe verloren hat?“

„Oder“, sage ich langsam. „Oder dass es gar keine Schuhe anhatte!“

31. Kapitel

Jetzt ergibt alles Sinn. Nicht nur das plötzliche Verschwinden des Barfüßlers. Auch das seltsame Verhalten von Wolf. Wahrscheinlich war der arme Kerl bei dem Unfall dabei! Man muss sich das mal vorstellen: Reifenquietschen, ein lauter Knall und auf einmal liegt sein Herrchen regungslos auf der Straße – und wird dann kurz darauf in einen wild blinkenden Krankenwagen gesteckt und weggefahren.

„Armes Wölfchen", murmelt Emily, als wir wieder auf der Straße stehen. Sie drückt Jakub ihr Croissant und ihre Limo in die Hand, um Wolf fest in den Arm zu nehmen. „Hast dich ganz allein auf den langen Heimweg gemacht!"

Wolf winselt leise.

Für uns ist die Sache klar. Wir müssen zum Krankenhaus. Jetzt sofort. Sebastian, der gleich Feierabend hat, bietet an, als Chauffeur einzuspringen. Dafür leiht er sich extra Kaders kleinen Transporter.

Wir wollen gerade losfahren, da kommt sie aus dem Café gerannt.

„Momentchen!“, ruft Kader. „Hier kommt noch ein großer Hafer-Cappuccino mit Zimt für den großen Hafer-Cappuccino mit Zimt.“

Sie beugt sich über Sebastian, der schon hinter dem Lenkrad sitzt, und stellt einen dampfenden Becher in den Getränkehalter. Dann geht es endlich los. Während Jakub mit Sebastian plaudert und Emily sich über ihre Limo und das Croissant hermacht, denke ich nach.

Ich bin mir sicher, dass wir mit unserer Theorie richtigliegen. Die Frage ist allerdings, wie schlimm es den Barfüßler erwischt hat. Wenn er sich nur den kleinen Zeh gebrochen hätte, wäre er doch längst wieder zu Hause, auf seinem Hausboot. Ich kann gar nicht anders, als mir den Barfüßler komplett eingegipst vorzustellen. Von oben bis unten. Es ist kein schönes Bild ... da habe ich einen noch viel schrecklicheren Gedanken: Was, wenn der Barfüßler gar nicht bei Bewusstsein ist? Jakub scheint zu merken, was in mir vorgeht. Wortlos legt er mir die Hand auf die Schulter und ich fühle mich tatsächlich besser.

Das Krankenhaus befindet sich auf einem kleinen Hügel. Sebastian hält direkt davor im Parkverbot, damit wir aus dem Transporter springen können. Er drückt Emily den Kaffeebecher in die Hand und bittet uns, beste Genesungswünsche an den Barfüßler auszurichten. Dann düst er auch schon davon. Wie wir da so vor dem imposanten Eingang stehen, werde ich auf einmal ziemlich unsicher. Mit Krankenhäusern kenne ich mich nicht gut aus.

„Gehen wir da jetzt einfach rein?“, frage ich.

Emily zuckt mit den Schultern. „Ich war erst einmal im Krankenhaus“, sagt sie.

„Echt?“, frage ich. Davon wusste ich ja noch gar nichts. „Wann war das denn?“

„Als ich geboren wurde.“

Jakub lacht. „Jetzt habt euch nicht so“, sagt er. „Stellt euch einfach vor, dass das eine riesige Arztpraxis ist. Eine Arztpraxis, in der man auch schlafen kann. Und in der es eine Cafeteria gibt. Und Blumen. Und Ballons.“ Er deutet auf den kleinen Kiosk an der Ecke. Da gibt es wirklich Ballons – knallbunt schweben sie über der Auslage mit den Zeitschriften. Vom Anblick bekomme ich direkt gute Laune. Auf einmal weiß ich: Diese Ballons bringen Glück.

Es kann gar nicht anders sein. Und Glück brauchen wir jetzt. Ich fasse in meine Hosentasche und kratze sämtliche Münzen zusammen. Fünf Euro und zwanzig Cent. Das reicht für zwei Ballons. Ich nehme einen blauen – für den Hollersee – und einen grünen – für das Schilf, das den See umgibt. Dann bin ich bereit.

Jakub geht voran. Wie sich herausstellt, ist er Profi in Sachen Krankenhäuser. Denn die spezielle Ohrenärztin, die ihn regelmäßig untersucht, arbeitet auch in einer Klinik. Lässig spaziert Jakub auf den großen Tresen im Eingangsbereich zu. Dahinter steht ein dünner Mann mit noch dünnerem Schnauzbart. Jakub hat gerade den Mund aufgemacht, da kommt ihm der Schnauzbart zuvor.

„Dritter Stock“, brummt er.

„Äh, wie bitte was?“, fragt Jakub verwirrt.

„Dritter. Stock.“ Auf einmal spricht der Mann so laut, dass wir erschrocken zurückweichen.

„Aber ich habe doch noch gar nicht –“, beginnt Jakub und wird prompt unterbrochen.

„DIE AUDIOLOGIE IST IM DRITTEN STOCK“, sagt der Schnauzbart übertrieben laut und deutlich. Dann ändert er seine Strategie plötzlich. Der Mann streckt drei Finger in die Luft. „DREI. AUFZUG. HOCHFAHREN.“ Er deutet mit dem Zeigefinger nach oben, in Richtung Decke.

Jakubs Kinn beginnt zu zittern. Ich verstehe auch, warum. Vielleicht meint der Schnauzbart es nur gut, aber Jakub ist doch nicht bescheuert. Es würde völlig reichen, wenn der Typ etwas deutlicher und vielleicht langsamer spricht. Und vor allem wäre es gut, sich erst einmal anzuhören, was Jakub überhaupt zu sagen hat.

„Ich hab keinen Termin“, platzt es aus Jakub heraus.

Der Schnauzbart starrt verwirrt auf Jakubs Ohren.

„Ja, ich trage Hörgeräte“, sagt Jakub langsam. „Das haben Sie richtig erkannt. Hundert Punkte. Aber deshalb bin ich nicht hier.“ Jakub macht eine kleine Pause und atmet tief durch. „Ich bin hier, um einen Freund zu besuchen. Und da der nicht schwerhörig ist, weil ein Schwerhöriger wie ich überraschenderweise nicht nur mit Schwerhörigen befreundet ist, muss ich nicht in den verdammten dritten Stock.“

Der Schnauzbart läuft rot an.

„WIE HEISST, ähm.“ Er wendet den Blick ab und schüttelt den Kopf über sich selbst. Als er kurz darauf wieder aufsieht, lächelt er und spricht in normaler Lautstärke weiter. „Entschuldige. Ich meine: Wie heißt dein Freund denn?“

Ups. Mit der Frage haben wir nicht gerechnet. Wir sehen uns betreten an.

„Das ... ähm ... das wissen wir nicht“, sagt Jakub mit einem Mal schüchtern.

Der Schnauzbart runzelt die Stirn. Seine Stimmung schlägt wieder um.

„Hört mal“, ruft er. „Veralbern kann ich mich selbst!“ Er stemmt die Hände auf den Tresen, steht auf – und entdeckt Wolf. Das gibt ihm den Rest. „Sagt mal, habt ihr hier einen Hund reingeschleppt?“, ruft er erbost. „Das ist ein Krankenhaus. Ein KRANKENHAUS! Da haben Tiere nichts, aber auch wirklich absolut gar nichts verloren!“

„Rückzug“, murmelt Emily.

Wir verziehen uns wieder nach draußen. Und da treffen wir dann den Clown.

32. Kapitel

Eigentlich ist es eine Clownin. Noch dazu eine recht ungewöhnliche: mit weißem Arztkittel, Stethoskop um den Hals und knallgrünen, abstehenden Haaren. Eine rote Nase hat die Clownin natürlich auch – allerdings sitzt sie nicht da, wo sie hingehört. Sondern mitten auf ihrer Stirn.

Wir starren die Clownin an und die Clownin starrt uns an. Da wird mir klar, dass wir wahrscheinlich auch ein komisches Bild abgeben. Drei matschbefleckte Kinder mit einem wolfsähnlichen Hund, zwei bunten Ballons, einem großen Becher Kaffee und einer noch größeren Flasche Essig.

„Wo seid ihr denn abgehauen?“, fragt die Clownin.

„Nirgends“, gibt Emily zurück.

Die Clownin zieht die Augenbrauen zusammen. „Seid ihr von der Konkurrenz? Stellen die jetzt auch Kinder ein?“

„Hä?“

Die Clownin seufzt. Mit der rechten Hand platziert sie die rote Plastiknase dort, wo sie hingehört, mit der linken drückt sie auf die gelbe Blume an ihrem Revers. Ein dünner Wasserstrahl schießt heraus.

„Gestatten", sagt die Clownin matt und deutet eine Verbeugung an. „Picalina. Clownin aller echten und eingebildeten Kranken. Aus Überzeugung."

Ich verstehe nur Bahnhof. Und ich kann sehen, dass es Emily und Jakub nicht anders geht.

„Mensch, ich bin ein Klinik-Clown!", ruft Picalina. „Klingelt's jetzt?"

Wir schütteln den Kopf.

„Ich gehe von Zimmer zu Zimmer, von Krankenbett zu Krankenbett und verbreite gute Laune. Tadaa!"

Bei dem letzten Wort greift sie in ihre Brusttasche, holt eine Handvoll Konfetti heraus und wirft es in die Luft. Das sieht schön aus, richtig schön. Aber Picalina guckt säuerlich.

„Tut mir leid", murmelt sie und zuckt mit den Schultern. „Ich habe schlechte Laune. Mein Kollege hat abgesagt. Jetzt muss ich die Tour durch die Klinik ganz allein machen. Das ist superanstrengend. Die ganze Zeit herumalbern, Scherze machen." Sie macht eine kleine Pause. „Manchmal fällt mir gar nichts mehr ein.“

Eine Weile sagt keiner was. Bis Emily die Stille durchbricht.

„Wir haben ein Witzebuch dabei“, sagt sie.

„Was?“

„Wir haben ein Witzebuch“, wiederholt Emily. Sie kramt das Notizbuch des Barfüßlers hervor und hält es in die Luft. „Vielleicht hilft dir das.“

Picalina sieht Emily irritiert an. „Eigentlich arbeite ich nicht mit *Witzen*“, sagt sie langsam. Das Wort „Witze“ betont sie abfällig. Als ob es sich um etwas Unanständiges handelt. Doch das scheint Emily nicht zu stören. Sie blättert vergnügt in dem Notizbuch herum.

„Der hier passt zum Beispiel echt gut“, ruft sie. „Was macht ein Dieb im Zirkus?“

Bevor Picalina nur den Mund aufmachen kann, platzt Emily mit der Antwort heraus.

„Clown!“

Jakub braucht einen Moment, dann prustet er los. Mir geht es ganz ähnlich. Und da fängt Picalina auch an zu lachen. Ich bin mir nicht sicher, ob sie wirklich über den Witz lacht oder ob sie sich nur über den japsenden Jakub freut. Auf jeden Fall lacht Picalina: tief, laut und schallend. Und dann sagt sie, dass sie es mit den Witzen ja zumindest mal versuchen kann.

Als Picalina die Hand nach dem Notizbuch ausstreckt, wird Emily ernst.

„Tut mir leid, aber wir ... also wir können das Buch leider nicht hergeben“, sagt sie.

„Echt jetzt?“, fragt Picalina. „Ich bin im Witzemerken echt schlecht. Ich versaue das Ende immer.“

„Das Buch gehört einem Freund“, erklärt Jakub. „Der liegt da irgendwo im Krankenhaus. Also, zumindest glauben wir, dass er da ist.“

„Eigentlich sind wir hier, um unseren Freund zu besuchen“, erzähle ich weiter. „Aber wir dürfen nicht rein. Wegen dem Hund und so.“

Picalina hört uns aufmerksam zu. Und während sie uns zuhört, geht in ihr eine Veränderung vor.

„Ich glaube“, sagt sie schließlich und breitet die Arme aus, um uns näher zu sich zu ziehen. „Ich glaube, ich habe da eine Idee ...“

33. Kapitel

Picalinas Idee ist absolut großartig! Außerdem ist sie leicht umzusetzen. Es sind nur ein paar kleine Vorbereitungen nötig ... und schon geht es durch die Drehtür wieder hinein ins Krankenhaus. Wir wollen gerade am Tresen vorbei, da hebt der Schnauzbart die Hand wie ein Verkehrspolizist.

„Mooooment", sagt er.

„Ich bin von zwei bis sechs gebucht!", gibt Picalina zurück, ohne stehenzubleiben.

„Ja, aber die Kinder?"

„Sind meine Praktikanten!"

Und genau so sehen wir aus. Picalina hat uns mit dem Krimskrams aus ihrem Arztkoffer in angehende Clowns verwandelt. Auf Jakubs Kopf sitzt ein pinker Schlapphut. Emily, deren viele Armbänder gut zu unserem neuen Outfit passen,

trägt eine karierte Fliege und ich einen Haarreif mit Häschenohren. Natürlich haben wir auch richtige Clownsnasen, dank Picalinas knallrotem Lippenstift.

Dagegen kann der Schnauzbart nichts einwenden.

„Und ... und der Hund?“, bringt er gerade noch so heraus.

„Ist ein Therapiehund“, gibt Picalina knapp zurück. „Mit Zertifikat.“

Im nächsten Moment sind wir auch schon im Aufzug verschwunden. Kaum ist die Tür hinter uns zu, schlagen wir ein. Das läuft wie am Schnürchen! Auch Wolf freut sich sichtlich. Aufgeregt wedelt er mit seinem Schwanz.

Im ersten Stock angekommen, setzen wir unseren weiteren Plan in die Tat um. Und der sieht folgendermaßen aus: Gemeinsam mit Picalina drehen wir ihre übliche Runde durch die Klinik. Wir helfen ihr beim Lustigsein und sie hilft uns, den Barfüßler zu finden. In irgendeinem Zimmer muss er ja stecken.

Picalina ist eine super Clownin! Kaum stolpert sie in ein Zimmer, müssen die Patienten in ihren Betten schon schmunzeln. Dann räuspert sich Picalina empört und beginnt, Oberärztin zu spielen. Wir sind die trotteligen Assistenten, denen sie alles doppelt und dreifach erklären muss. Selbst Wolf ist ganz in seiner Rolle und bellt an genau den richtigen Stellen. Picalina kommt von einer Sache auf die nächste: Erst hört sie mit dem Stethoskop den Schrank ab, dann spritzt sie sich selbst Wasser ins Gesicht und schließlich hält sie sich eine Banane ans Ohr, um ein wichtiges Arztgespräch zu führen. In absolut unverständlichem Kauderwelsch. Da müssen selbst wir lachen. Prompt wirft Oberärztin Picalina uns einen strengen Blick zu und gibt uns eine total sinnlose Aufgabe: das Bett mit einer Girlande aus Toilettenpapier zu dekorieren, zum Beispiel. Picalina hat so viele Ideen, dass wir das Witzebuch nicht einmal brauchen!

Es läuft richtig gut. Deshalb merken wir zuerst gar nicht, dass unser Therapiehund abhandengekommen ist. Aber es gibt keinen Zweifel: Irgendwo in diesem Labyrinth aus weißen Gängen haben wir Wolf verloren. Und das ist eine verdammte Katastrophe!

34. Kapitel

„Leute, wenn das rauskommt, bin ich meinen Job los!" Picalina ist kreidebleich. Mich würde nicht wundern, wenn sie jeden Moment umkippt.

„Jetzt mal langsam", sagt Emily. „Ein Hund kann sich nicht in Luft auflösen. Und ein so großer erst recht nicht."

„Vielleicht hat er einen Abstecher zur Cafeteria gemacht?", überlegt Jakub.

Das kann gut sein, immerhin hat Wolf schon die ganze Zeit über ungeduldig in der Luft herumgeschnuppert. Bestimmt hat er Würstchen oder etwas ähnlich Leckeres gerochen und konnte sich nicht mehr beherrschen. Wir wollen gerade zum Aufzug gehen, da sehe ich Wolfs Schwanzspitze hinter einer Ecke verschwinden.

„Da!", rufe ich. „Da ist er!"

Wir düsen los. Doch Wolf ist schneller. Er hat nämlich längst kapiert, dass wir die Verfolgung aufgenommen haben, und beschleunigt sein Tempo.

„Wolf", ruft Emily. „Komm her!"

Aber nicht einmal auf Emilys Pfiff hört er. Wolf scheint fest entschlossen, uns abzuschütteln. Er schlägt Haken wie ein Hase, links, rechts, links, und wird nur manchmal etwas langsamer, um die Schnauze in die Luft zu strecken. Dann geht es blitzschnell weiter.

Die Sache ist die: So ein Krankenhausboden ist rutschig. Und zwar sehr. Das will ich mir zunutze machen, indem ich lässig wie ein Eisläufer um die Ecke schlittere. Allerdings habe ich meine Rechnung ohne den Pfleger gemacht, der just in diesem Moment aus einem der Krankenzimmer kommt. Schwer beladen mit einem Tablett voll Essen.

„Aus dem Weg!", rufe ich noch. Zu spät. Wir stürzen zu Boden. Und schon während ich falle, frage ich mich, ob ich in all der Aufregung irgendein böses Omen übersehen habe. Irgendeinen Unglücksbringer. Aber mir fällt nichts ein. Und dann knalle ich auch schon mit dem Hintern auf das Linoleum. Es scheppert gewaltig – überall sind Scherben, überall ist Erbsensuppe.

Emily hilft mir auf. Ich reibe meinen schmerzenden Po und murmle eine Entschuldigung. Denn den Pfleger hat es voll erwischt. Sein hellblaues Hemd hat vorn einen großen grünbraunen Fleck.

Schick.

„Tut mir leid“, sage ich noch mal. Doch der Pfleger wirft mir nur einen bösen Blick zu, dann dampft er ab. Ich kann mich in dem Moment nicht weiter darum kümmern, weil etwas anderes meine Aufmerksamkeit auf sich zieht. Durch die geöffnete Tür habe ich Einblick in das Zimmer vor mir. Ich traue meinen Augen kaum. Dort – mitten auf einem der Betten – steht ein freudig wedelnder Wolf. Mit seiner langen Zunge leckt er immer wieder über das Gesicht des hilflosen Menschen unter ihm. Das darf doch nicht wahr sein! Kennt dieser Hund denn gar kein Benehmen?

„Aus! Stopp! Lass das!“, will ich schon rufen. Da sehe ich mir Wolfs Opfer etwas genauer an. Den struppigen Vollbart kenne ich doch irgendwoher ... Auf einmal fällt es mir wie Schuppen von den Augen. Der Barfüßler! Wir haben den Barfüßler gefunden! Oder besser gesagt: Sein Hund hat ihn gefunden. Von wegen Würstchen aus der Cafeteria. Wolf hatte die ganze Zeit über einen ganz anderen Duft in der Nase.

35. Kapitel

Abgesehen vom Gips am Bein. Und dem Verband am Arm. Und der Beule an der Stirn.

Vor lauter Freude hüpfen wir wild im Krankenzimmer herum. Ich bin enorm erleichtert, dass der Barfüßler wohlauf ist.

„Wenn das nicht meine Freunde vom Hollersee sind!“, ruft der Barfüßler und strahlt über beide Wangen. „Was macht ihr denn hier?“

„Krankenbesuch“, meint Jakub lässig, als sei es keine große Sache. Und als hätten wir nicht alle Hebel in Bewegung gesetzt, um den Barfüßler zu finden. Während ich die Ballons an seinem Bett festknote, drückt Emily ihm den Kaffeebecher in die Hand.

„Mmh“, macht der Barfüßler und nimmt direkt einen Schluck. Dass das Getränk längst kalt ist, scheint ihn nicht zu stören. Genießerisch schließt er für einen Moment die Augen. „Hafermilch-Cappuccino. Mit einem Hauch von Zimt. Genau das habe ich jetzt gebraucht.“

Als Emily ihm auch noch das Notizbuch auf die Decke legt, kriegt der Barfüßler sich gar nicht mehr ein.

„Was ... wo ... aber wie ... wie habt ihr?“, stottert er, bis Wolf sich erbarmt und ihm noch einmal über das Gesicht schleckt.

„Du hast ja recht“, sagt der Barfüßler. „Es spielt keine Rolle.“ Er breitet seine Arme aus und drückt den riesigen Hund fest an sich.

Endlich erfahren wir, was genau passiert ist. Der Barfüßler wurde tatsächlich angefahren – direkt vor Kaders Kaffeehaus.

„Ich muss bewusstlos gewesen sein“, sagt der Barfüßler. „An den Unfall kann ich mich nämlich nicht mehr erinnern. Irgendwann bin ich im Krankenhaus aufgewacht, da hatte ich schon zwei Schrauben im Bein.“ Er deutet auf seinen Gips und wackelt mit den Zehen. „Am meisten Sorgen habe ich mir aber um dich gemacht“, murmelt er an Wolf gewandt. „Ich dachte, du irrst in der Stadt umher! Wenn ich gewusst hätte, dass du den Weg nach Hause findest!“

Jakub erzählt, wie wir den vom Unwetter völlig durchnässten Wolf auf dem Hausboot gefunden haben. Ob das der richtige Zeitpunkt ist, um dem Barfüßler auch den Rest zu verraten? Ich bin mir nicht sicher. Das Wichtigste ist doch eigentlich, dass er ganz gesund wird. Bestimmt sollte er sich in seiner Situation nicht aufregen. Andererseits: Wäre ich an seiner Stelle, würde ich mich total ärgern, wenn jemand etwas geheim hält, nur um mich zu schonen. Damit ist die Entscheidung klar. Ich räuspere mich.

„Es gibt da eine Kleinigkeit, die du noch nicht weißt", beginne ich. „Auf deinem Hausboot, also ... da wurde eingebrochen!"

„Eingebrochen?" Der Barfüßler lehnt sich nach vorn und macht große Augen. Er sieht nicht geschockt aus. Eher interessiert.

„Die Einbrecher haben deinen Koffer mitgenommen", berichtet Emily. „Wir haben keine Ahnung, was darin weggeschleppt wurde."

„Meinen Koffer?", fragt der Barfüßler. Jetzt klingt er fast amüsiert. „Meint ihr zufälligerweise den da?"

Er deutet zum Fenster. Ich fasse es nicht. Dort unter dem Fenster steht er! Der speckige Lederkoffer, den der Barfüßler auf dem Hausboot als Nachttisch benutzt hat. Wie kann das sein? Der Barfüßler hat das Riesending bei seinem Ausflug in die Stadt doch bestimmt nicht mitgenommen!

„Und ich kann euch auch sagen, was darin weggeschleppt wurde“, meint der Barfüßler. „Sieben Unterhosen, sieben Paar Socken. Und dieses Prachtstück von einem Schlafanzug.“ Der Barfüßler sieht an sich herunter.

„Hä?“, mache ich. „Was für ein bescheuerter Einbrecher klaut denn so was?“

Da lacht hinter uns jemand los. Picalina! Die ist natürlich auch noch da und hat alles mitbekommen.

„Lass mich raten“, sagt sie. „Der Einbrecher war eine grüne Dame?“

Der Barfüßler sieht auf und schenkt Picalina ein beinahe schüchternes Lächeln. „Ein grüner Herr“, sagt er.

Grüne Damen? Grüne Herren? Ich verstehe nur Bahnhof. Garantiert geht es Jakub und Emily nicht anders. Picalina klärt uns auf: Grüne Damen und Herren sind Leute, die ehrenamtlich im Krankenhaus arbeiten. Sie besorgen den Patienten, die nur selten Besuch kriegen, zum Beispiel Zeitschriften vom Kiosk.

Ging mir genauso. Ich hab an Aliens gedacht.

Der Barfüßler nickt.

„Der für mein Wohl zuständige grüne Herr ist gerade so freundlich, mir was Süßes aus der Cafeteria zu holen. Für den Nachmittagskaffee. Leider konnte ich ihn bislang nicht dazu überreden, mir was aus den Müllcontainern zu fischen. Aber ich arbeite daran."

In dem Moment wird die Tür aufgeschoben.

„Hat jemand Käsekuchen bestellt?", trällert eine freundliche Stimme. Ein kleiner älterer Herr im grünen Kittel betritt das Zimmer.

„Herr Hofmann, Sie kommen wie gerufen", lacht der Barfüßler und beginnt, auf seinem Beistelltisch etwas Platz zu schaffen. „Wir haben gerade von Ihnen gesprochen!"

Doch als er aufsieht, ist der grüne Herr Hofmann schon wieder weg. Samt Käsekuchen.

„Wo ist er denn?", fragt der Barfüßler verdutzt.

Emily deutet auf den Schrank. „Da drin."

„Im Schrank?" Der Barfüßler runzelt die Stirn. „Herr Hofmann, was machen Sie in meinem Schrank? Geht es Ihnen gut?"

„Das Höllentier", dringt eine dumpfe Stimme zu uns. „Das Höllentier ... es ... es verfolgt mich."

Der Barfüßler zuckt verständnislos mit den Schultern.

„Er spricht von Wolf“, vermute ich.

„Herr Hofmann, meinen Sie meinen Hund?“, ruft der Barfüßler. „Sind sie allergisch?“

Im Schrank tut sich etwas.

„Das ist es nicht, nein. Das Tier ... ich meine, der Hund, der hat es auf mich abgesehen.“

Das scheint Wolfs Stichwort zu sein. Er springt vom Bett, rennt zum Schrank und beginnt, daran herumzuschnüffeln. Schwanzwedelnd, aber das kann der arme Herr Hofmann ja nicht sehen.

Ein Verdacht macht sich in mir breit.

„Ich glaube, die zwei sind sich schon einmal begegnet.“

„Herr Hofmann“, ruft der Barfüßler prompt. „Stimmt das, kennen Sie mein Wölfchen?“

„Kennen ... kennen würde ich das nicht nennen. Er hat mich vertrieben, als ich Ihre Sachen gepackt habe. Stand auf einmal hinter mir und hat die Zähne gefletscht. Hat den Weg zur Tür versperrt. Da bin ich aufs Bett gesprungen und hab mit dem Koffer ein Fenster eingeschlagen, um mich ins Freie zu retten.“

Emily, Jakub und ich wechseln einen Blick. Das erklärt natürlich so einiges!

Der Barfüßler kann nur noch mit dem Kopf schütteln. „Aber Herr Hoffmann, mein Guter, warum haben Sie mir das alles denn nicht erzählt? Mein Wölfchen wollte sicher nur unser Zuhause beschützen. Er ist wirklich ganz harmlos."

„Das sagen sie alle", kommt es aus dem Schrank.

Bevor der Barfüßler noch etwas erwidern kann, wird die Zimmertür erneut aufgerissen.

„Hier geht's ja zu wie im Taubenschlag", murmelt Picalina. Das kann man wohl sagen. Vor uns auf der Schwelle steht, breitbeinig wie eine Westernheldin, eine offenbar sehr schlecht gelaunte Ärztin. Neben ihr linst der schmale Erbsensuppen-Pfleger ins Zimmer. Ausgerechnet!

„Da ist er", ruft der Pfleger aufgeregt. „Da ist der Hund."

Die Ärztin fokussiert Wolf mit einem Laserblick. „Das Tier muss hier raus!", verkündet sie in einer Stimme, die keine Widerrede zulässt. „Sofort und auf der Stelle! Und Kinder, für euch ist die Besuchszeit jetzt auch vorbei!"

So kommt es, dass wir hochkant aus dem Krankenhaus fliegen. Nur der Barfüßler, der darf zu seiner Enttäuschung leider nicht mit.

36. Kapitel

Als wir am Abend durch den Wald zurück ins Hollercamp radeln, denke ich, dass es schon Wahnsinn ist, wie sich alles aufgeklärt hat! Ein schöner Nebeneffekt der ganzen Sache ist, dass Wolf jetzt eine neue Aufpasserin hat. Bis der Barfüßler entlassen wird, will Picalina sich um ihn kümmern. Das passt gut, denn ihre Verlobte arbeitet als Tierpflegerin.

Ich bin so müde, dass ich zweimal fast ins Gebüsch fahre.

Am liebsten würde ich direkt in meinen Alkoven klettern und bis morgen früh durchschlafen. Meinetwegen auch bis übermorgen. Doch dann kommt alles anders. Denn direkt hinter dem Tor zum Campingplatz erwartet uns ein richtiges Empfangskomitee. Und das ist uns leider alles andere als wohlgesonnen. Kein Wunder: Es handelt sich um die fiesen Vier.

„Da sind sie!", ruft Johanna, als sie uns auf den Rädern aus dem Wald kommen sieht.

„Wir haben gerade von euch geredet“, informiert uns Alex.

„Gibt es nichts Spannenderes in eurem Leben?“, gibt Emily matt zurück.

„Also, ich finde es sehr spannend, was mir die Kinder aus dem Dorf eben erzählt haben“, meldet sich eine Stimme, die ich nicht gleich zuordnen kann. Sie passt nicht zu unseren Feinden, klingt älter und recht motzig. So eine Stimme hat eigentlich nur –

„Berta!“, ruft Jakub.

Da sehe ich die Platzchefin auch, sie steht halb verdeckt hinter den Dorftrotteln. Und sie kommt direkt zur Sache.

„Also, wo ist das Tier?“, fragt sie und stemmt die Hände in die Hüften.

„Äh ... welches Tier?“, frage ich zurück.

„Tu doch nicht so!“, platzt es aus Johanna heraus. „Wir wissen, dass ihr hier einen Hund versteckt!“

„Einen Hund?“, wiederhole ich langsam, um Zeit zu gewinnen.

„Ja, einen Hund. Das ist ein Tier mit vier Beinen und Schwanz, das Wauwau macht.“

„Wauwau?“, wiederholt Jakub, der offenbar die gleiche Strategie wie ich fährt. Klar, dass wir nicht ewig so weitermachen können.

„Ihr seid Stammgäste“, brummt Berta. „Deshalb verzeihe ich euch so einiges. Aber stellt euch nicht blöder, als ihr seid! Also raus mit der Sprache: Wo habt ihr das Tier versteckt?“

„Äh ... nirgends“, gibt Emily zurück.

Ist nicht mal gelogen. Wir *hatten* ein Tier versteckt.

Alex springt auf. „Wenn ihr nicht selbst damit rausrückt, zeig ich Berta eben, wo das Vieh ist! Mir nach!“

Alex läuft los, dicht gefolgt von Berta und dem Rest seiner Bande. Wir beeilen uns, hinterherzukommen. Mir schwant nichts Gutes. Tatsächlich marschiert Alex geradewegs zu Mias Zelt.

„Soll er Berta doch das Zelt zeigen“, meint Emily leise zu uns. „Wolf wird er da nicht finden!“

„Den nicht“, gebe ich zurück. „Aber einen Napf mit Leckerlis!“

Und das ist ja wohl eindeutig Beweis genug.

37. Kapitel

Auf dem Weg zu Mias Zelt halte ich krampfhaft nach Glücksbringern Ausschau. Meiner Meinung nach kann uns jetzt nur noch ein Fußballteam aus Schornsteinfegern retten. Oder ein ganzes Feld voller vierblättriger Kleeblätter. Denn eines ist klar: Berta flippt aus, wenn sie erfährt, dass wir hier tatsächlich einen Hund reingeschmuggelt haben. Es spielt gar keine Rolle, dass Wolf längst nicht mehr hier ist. Berta wird durchdrehen und uns noch heute Abend vom Platz verweisen. Auf Nimmerwiedersehen.

Alex hat Mias Zelt erreicht. Grinsend steht er daneben und wartet, damit auch wirklich alle seinen Triumph miterleben können. Siegessicher greift er nach dem Reißverschluss und zieht ihn auf.

„Tadaa –“

Im gleichen Augenblick, in dem Alex' Grinsen in sich zusammenfällt, beginne ich zu lächeln. Dort im Zelt ist kein Hund – natürlich nicht. Das wusste ich ja schon. Was mich so strahlen lässt, ist die Tatsache, dass da auch kein Napf ist. Und keine Leckerlis! Nicht mal ein einziges Hundehaar kann ich entdecken. Dafür habe ich zwar absolut keine Erklärung, aber grandios ist es trotzdem.

„Hm", macht Jakub und sieht Alex herausfordernd an. „Wo ist er denn nun, dieser angebliche Hund?"

Der arme Alex sieht um die Nasenspitze herum ziemlich blass aus. „Er war hier", sagt er immer wieder. „Er war garantiert hier."

Johanna nickt. „Heute Morgen war der Hund mit euch im Wald. Und weil ihr nicht zusammen zurückgekommen seid, dachten wir, er müsste schon hier –" Johanna stockt irritiert. „Auf jeden Fall war im Zelt doch auch das ganze Futter."

„Genau!"

Alex krabbelt mit seinen schmutzigen Schuhen ins Zelt und wühlt verzweifelt herum. Als wäre Wolf mal eben zur Maus geschrumpft und hätte sich im Schlafsack verkrochen.

Johanna wirft den Zwillingen einen bösen Blick zu. „Jetzt sagt doch auch mal was!"

Doch bevor einer von ihnen auch nur den Mund aufmachen kann, poltert Berta los: „Kinder, es reicht! Für so einen Unsinn habe ich keine Zeit!" Sie wendet sich an die fiesen Vier. „Und ihr bleibt mir erst mal aus den Augen, verstanden! Meine langjährigen Gäste einfach grundlos zu beschuldigen! Wo gibt's denn so was?"

Damit lässt sie uns stehen. Alex sitzt immer noch ziemlich fassungslos in Mias Zelt. Er scheint an seinem eigenen Verstand zu zweifeln. Obwohl er uns verpetzen wollte, tut er mir jetzt fast ein bisschen leid.

„Ich glaube, du kannst langsam wieder aus meinem Zelt rauskommen", sagt da eine Stimme hinter mir. Ich drehe mich um und sehe meine große Schwester. Na klar, Mia hat den Auflauf vor ihrem Zelt natürlich auch bemerkt. Bestimmt fragt sie sich, was hier los ist.

„Ähm, ja, 'tschuldige", murmelt Alex und krabbelt nach draußen. „Ich hab nur ... ähm ... was gesucht", erklärt er stotternd.

„Schon klar", sagt Mia unbeeindruckt. „Nächstes Mal aber vorher bitte Schuhe ausziehen. Damit ich nicht noch mal alles sauber machen muss."

Erst jetzt entdecke ich den Handstaubsauger in Mias Hand. Kaum hat Alex sich mit dem Rest seiner Bande verzogen, legt Mia los. Sie drückt auf den Startknopf und saugt in aller Ruhe ihr Zelt. In der Hinsicht kommt sie ganz nach unserem Vater. Erst, als sie sich auch um die letzte Ecke gekümmert hat, schaltet sie das laute Ding wieder aus.

„So“, sagt sie zufrieden und dreht sich zu uns um. „Zweimal am Tag sollte reichen.“

„Zweimal?“, frage ich.

Mia zieht eine Augenbraue hoch. „Brüderchen“, sagt sie seufzend. „Was glaubst du denn, wer hier die Spuren eures tierischen Verbrechens beseitigt hat? Wer hat wohl eure kleinen Ärsche gerettet?“

„Ähm ... du?“, frage ich.

„Ähm ... ich“, sagt Mia. „Genau. Aber lass dir gesagt sein: Das war das erste und das letzte Mal. Und wenn du dich noch *einmal* ungefragt an meinem Zelt zu schaffen machst, dann werde ich dich persönlich an den Wels verfüttern.“ Sie schaut zu Emily und Jakub. „Und euch gleich mit. Verstanden?“

Manchmal ist mir Mia echt ein Rätsel. Sie kann so unglaublich fies zu mir sein. Und so unglaublich nett. Hin und wieder gelingt ihr sogar beides gleichzeitig. Eines ist jedenfalls klar: Als Tatortreinigerin ist sie ganz große klasse.

38. Kapitel

Am nächsten Tag widmen wir uns endlich unserer ursprünglichen Mission: Operation Wurscht! Gleich nach dem Frühstück machen wir uns auf den Weg zur Lichtung, auf der unser Stinkbomben-Süppchen vor sich hingärt. Wir sind schwer bepackt: mit Essig, der Pumpe, der Tüte mit den Wasserbomben und einem Eimer Wasser, um die Flüssigkeit zu verdünnen. Zugegeben, es erfordert einiges an Willenskraft, die Gläser aufzuschrauben, um die letzte Zutat dazuzugeben. Auch ohne Essig stinkt die Brühe schon bis zum Himmel! Obwohl ich nicht durch die Nase atme, muss ich würgen.

Jakub hat echt nicht zu viel versprochen.

„Interessant“, meint Jakub und wiegt nachdenklich den Kopf. „Den Effekt hätte ich frühestens in ein paar Tagen erwartet.“

Emily versetzt ihm einen sanften Stoß.

„Schon vergessen, dass wir das Zeug aus der Mülltonne gefischt haben?“, fragt sie mit einem teuflischen Grinsen. „Das hatte schon von Anfang an einen ... äh, gewissen Eigengeruch.“

Da muss Jakub auch grinsen. Würde ich ebenfalls, wenn ich nicht schon wieder würgen müsste. Der Essig beißt in meiner Nase, dazu dieser schreckliche Geruch von Kotze und faulen Eiern.

„Schwefelwasserstoff“, meint unser Profi zufrieden und bringt die Pumpe in Position.

Es ist eine ziemliche Fummelarbeit, die Ballons zu befüllen. Aber irgendwann haben wir es geschafft.

Fünfundfünfzig kunterbunte Stinkbomben liegen einsatzbereit vor uns im Gras. Mit einem tiefen Seufzer lege ich Emily und Jakub je einen Arm über die Schulter. Stolz schauen wir auf unser Werk. Es ist ein ruhiger, beinahe andächtiger Moment. Die Stille vor dem Orkan.

Wir erwischen die fiesen Vier im perfekten Moment. Es ist später Nachmittag, wir sind gestärkt von einem leckeren Afternoon Tea bei Mabel. Ganz anders als die Dorftrottel. Die haben stundenlang am Faulen See in der prallen Sonne gelegen und sind entsprechend schlapp. Klingt fies, ist aber die Wahrheit: In ihrem

Zustand sind sie die idealen Gegner. Und da sie in der Überzahl sind, müssen wir uns jeden Vorteil verschaffen, den wir kriegen können.

Wir warten, bis Alex, Johanna und die Zwillinge sich in ihre Laube zurückgezogen haben. Die ist so was wie ihr geheimer Treffpunkt. Garantiert schmieden sie hier ihre hinterhältigen Pläne. Aber heute nicht! Heute werden sie genug mit uns zu tun haben! Und falls die Wirkung der Stinkbomben wirklich so lange anhält, wie Jakub versprochen hat, werden sie außerdem bald Ausschau nach einem anderen Treffpunk halten müssen.

Die erste Stinkbombe ist knallgelb.

In sicherem Abstand und mit guter Deckung bringen wir sie auf Emilys Schleuder in Position, spannen das Gummiband und ... feuern ab! Der pralle Ballon fliegt sirrend durch die Luft und mitten durch das geöffnete Fenster.

„TOOOR", brüllt Emily.

Mit einem herrlichen Knall zerplatzt der Ballon an der Innenwand und hinterlässt einen noch herrlicheren Fleck. Der Gestank ist so stark, dass sogar wir, Meter entfernt, noch in den Genuss kommen. Ehe ich mich versehe, feuert Jakub schon die nächste

Stinkbombe ab. Und noch eine und noch eine und noch eine. Alles Treffer. Erst der sechste Ballon verfehlt sein Ziel. Weil die Dorfdeppen natürlich irgendwann auf die Idee kommen, das Fenster zu schließen. Keine Sekunde später fliegt die Tür auf. Es sind fassungslose Vier, die da aus der Laube stolpern. Aha, denke ich, jetzt wollen sie also die Flucht ergreifen. Doch Pustekuchen: Die rennen direkt auf uns zu. Wahrscheinlich können sie vor lauter Wut nicht mehr klar denken.

Durchgedreht wegen Geruchsbelästigung.

„Tun die uns gerade echt den Gefallen und kommen näher?“, fragt Jakub ungläubig.

Emily zuckt nur mit den Schultern und legt los. Zack, Bumm, Platsch. Es ist ein wahres Fest. Keine zehn Sekunden später triefen die Fieslinge nur so von unserer Stinkbrühe. Die Mischung hat es in sich. Alex zerrt sich die Klamotten vom Leib. Johanna kotzt ins Gebüsch. Und die Zwillinge wälzen sich verzweifelt im Gras. Ein wunderschöner Anblick.

39. Kapitel

Damit beginnt der entspannte Teil der Ferien. Denn nach einer erfolgreichen Mission braucht man vor allem eines: Erholung. Emily, Jakub und ich hängen am See ab, lassen Steine über das Wasser springen, gehen schwimmen oder streifen durch den Wald. Hin und wieder radeln wir ins Dorf, um uns ein Eis zu gönnen – *ohne* Streusel, versteht sich. Die Tage tröpfeln so dahin, ohne dass uns auch nur einmal langweilig wäre.

Wobei wir nicht nur faul sind. Als der Barfüßler endlich entlassen wird, bereiten wir eine Überraschungsparty für ihn vor. Quer über die Dachterrasse des Hausboots spannen wir ein altes Bettlaken, auf das Emily WILLKOMMEN DAHEIM geschrieben hat. An die Reling und das Steuerrad kommen die kleinen, bunten Ballons, die bei einer gewissen Operation übriggeblieben sind. Natürlich mit Luft gefüllt. Außerdem gibt es selbst containerten Schokoladenkuchen. Vor lauter Rührung verdrückt der Barfüßler bei seiner Ankunft doch glatt ein Tränchen. Dann nimmt er Picalina in den Arm, die ihn und Wolf in ihrem klapprigen Cabrio hergebracht hat.

Wir wollen gerade zu ihm stürmen, um ihn zu begrüßen, da tuckert ein Motorboot am Ufer vorbei. An Bord sind unsere geschätzten Feinde – wer auch sonst? Im letzten Moment gehen wir im Schilf in Deckung. Regungslos hocken wir in unserem Versteck, starren uns an und warten darauf, dass die fiesen Vier weiterschippern. Was zum Glück ziemlich bald passiert. Trotzdem ist uns allen klar, dass die Fieslinge die Stinkbomben-Attacke nicht einfach so auf sich sitzen lassen werden. Spätestens, wenn wir im Herbst wieder im Hollercamp sind, haben sie etwas Neues ausgeheckt. Aber was es auch sein wird: Ich sehe dem Ganzen ziemlich gelassen entgegen.

Yeah!

(c) Anja Schaffner

Lena Hach

Lena Hach wurde 1982 in Hessen geboren. Sie besuchte eine Schule für Clowns und studierte anschließend Anglistik, Germanistik und Kreatives Schreiben. Sie arbeitete zunächst als Journalistin und widmete sich dann der Kinder- und Jugendliteratur. Inzwischen sind zahlreiche Bücher von Lena Hach bei Mixtvision erschienen. Ihre Bücher wurden bereits vielfach ausgezeichnet, zuletzt mit dem Leipziger Lesekompass 2019 für ihr Jugendbuch „Grüne Gurken".

Nervenkitzel mit der

New York Times-Bestsellertrilogie

Emily und James nehmen dich mit auf eine spannende Bücherjagd durch San Francisco – voller Rätsel und Abenteuer!

Jennifer Chambliss Bertman

ca. 360 Seiten, € (D) 14,90

ab 10 Jahren

ISBN 978-3-95854-065-1 (Band 1)
ISBN 978-3-95854-120-7 (Band 2)
ISBN 978-3-95854-131-3 (Band 3)

Leopoldstraße 25, 80802 München
www.mixtvision.de

Cover und Vignetten: Lisa Hänsch
Grafik und Gestaltung: F. v. Wissel, hoop-de-la, Köln
Handlettering: Karla-Jean v. Wissel, Gent
Druck und Bindung: GGP Media GmbH, Pößneck

MIXTVISION DRUCKT IN DEUTSCHLAND

MIX
Papier aus verantwortungsvollen Quellen
FSC® C014496

ISBN: 978-3-95854-168-9
Auch als E-Book erhältlich